我们的生活可以远离尘嚣
森林中有树木窃窃私语
流淌不息的小溪似万卷书籍
自然的教诲寓于路旁之石
世界万物皆蕴含着启迪

——莎士比亚

浦溪河的一年

黄山杜腾飞题

项丽敏 著

黄山书社

图书在版编目（CIP）数据

浦溪河的一年 / 项丽敏著. -- 合肥：黄山书社，2021.8

（慢活书系）

ISBN 978-7-5461-8020-5

Ⅰ. ①浦… Ⅱ. ①项… Ⅲ. ①散文集—中国—当代 Ⅳ. ①I267

中国版本图书馆CIP数据核字（2021）第178162号

浦溪河的一年

PUXIHE DE YINIAN

项丽敏　著

出品人　贾兴权

丛书策划　张月阳

责任编辑　张月阳

装帧设计　私书坊_刘　俊　张俊香

出版发行　时代出版传媒股份有限公司（http://www.press-mart.com）
黄山书社（http://www.hspress.cn）

地址邮编　安徽省合肥市蜀山区翡翠路 1118 号出版传媒广场 7 层　230071

印　　刷　安徽新华印刷股份有限公司

版　　次　2021 年 10 月第 1 版

印　　次　2021 年 10 月第 1 次印刷

开　　本　880mm × 1230mm　1/32

字　　数　190 千字

印　　张　9.25

书　　号　ISBN 978-7-5461-8020-5

定　　价　58.00 元

服务热线　0551-63533706

销售热线　0551-63533761

官方直营书店（https://hsss.tmall.com）

序一：

她眼里
像落日一样美的世界

周蓬桦

作为写作者，项丽敏是幸运的，她一直都没有远离过故乡。从出生到成年，她始终与故乡保持着方圆几十公里的美妙距离。尤其难得的是，故乡还大致保留着她童年时代的样貌。

她出生在位于皖南地区的黄山脚下，这座山太有名了。

当然还有一条美丽的河流。这条河发源于黄山光明顶和北海诸峰，名叫浦溪河，围绕着这条河衍生的事物是灵动的，锦鲤一样闪着光。我们所看到的这本书，正是写她在这条河边的生活。准确点说，是她以居住者的视角，对一条河流四个季节的观察与体验。

通过书中的描述得知，她是近年才搬迁到浦溪河畔居住的，此前她一直居住在太平湖一带，与这条河相距不远。浦溪河虽然不是她自幼就熟悉的河流，但仍然属于故乡的地理范围，连泥土和稻花的香气都散发在同一阵风的流动里。

项丽敏称自己为故乡的漫游者，走在乡间小道上，时不时地举起相机，或凝神倾听着什么。周围是零星的村落，熟悉的乡音，头顶的鸟鸣和深巷的狗吠声，还有竹林、远山和稻田。异乡人来了，会被这里的景色迷住，见了什么都感到新奇，忍不住打探这片美丽土地的前世与今生。

项丽敏早已看惯了这些，她熟悉这里的一草一木，虫吟和蝉歌，她十分乐意向那些异乡人讲述自己的故乡，希望故乡能够成为世人向往的神秘、浪漫与幽静之地。

十多年前，我曾经和一位诗人、一位书法家一起到过她生活的地方，我们是被她笔下的那片丰饶的山野吸引而去的。前面提到的那些充满好奇的异乡人，其实说的就是我们三个人。

我们是在南京参加一个活动，活动结束时，一个人忽然提议说：我们到太平湖看望项丽敏去吧。没有人反对。于是，三个人当晚就乘上了去黄山的一辆老牛一样缓慢的绿皮火车。它呼哧呼哧地喘气，中途饮水，晃动了整整一个夜晚和半个晌午才到达终点站。

当时，她工作的地方就在太平湖，每天要步行三公里路去上班，这让她养成了在路边接触田野和农事的习惯。常常，她手提相机，钻进路边的稻田里，一待就忘了一切，主要是忘了上班的时间。好在那个年代，单位管得松，生活节奏也慢——这最终成就了一位优秀的散文家。

印象中，她的家乡叫甘棠，那个小镇真是太美了，到处是青青的竹林，竹叶上挂满了亮晶晶的水滴。

那一天，项丽敏约了几位黄山文友，我们一同乘船游览了著名的太平湖。

那个原名叫“陈村水库”的湖泊，我早已在她的文字中熟知：孤鹭、帆影、水草和夕阳都被一一印证，梦想照进现实，生动而具体。我还见了她笔下的曹家庄、打谷场、野浆果以及被炖熟的湖鲜……而我印象最深的，却是置身山野间弥漫周身的烟岚，青山白屋上那一轮恬淡的月亮，还有河湾里两株苍劲的古柏树——那一刻，她躬身拍摄远山的样子被我摄入镜头。

在我看来，在这样的环境熏陶下长大的女子，怎么可能不拥有一颗与自然亲近的内心？

凡是与项丽敏有过交集的人都说，在她的身上，能感受到一种经过南方温润地气濡染后的细腻和宁静，还有一种博大的母性般的包容与慈悲。在《浦溪河的一年》中，我看到了她对世间弱小生灵的悲悯情怀和细致观察：

很奇妙，蜻蜓那么小，几乎没有分量，当它落在我肩上时，我分明感觉到有什么抓紧了我。而当它飞走之后，我的肩膀忽地一下，空了，仿佛飞走的不是一只蜻蜓，而是一段失而复得的童年时光。（《长夏无尽》）

茶树是这样一种植物，它很善于吸纳山野花木的气息，它把自己当作芳香收纳所，让香气顺着叶脉浑然不觉地进入体内。这样，当花朵枯萎、成为泥土时，那些游灵一样的香气仍然留驻于世，只不过换了另一个载体存在着。（《春到人间草木知》）

除了对大自然的事物过于专注和沉迷，生活中的项丽敏一点也不怪僻，她的灵魂里有火的元素，更有稻谷一样的素朴、棉花般的暖意。她的文字貌似远离俗尘，其实骨子里与人亲近。她的笔下看不到大面积的苦难与疼痛，更没有漂泊他乡的恐慌记忆，而是用平和的目光去接近一朵花、一片云、一只蝉、一块瓦和一条河流，终至成为一位客观冷静的田野观察者和写作者。

我时常想，依照她的性情，是应该去做一位蜡染师的，但上帝偏偏让她走上艰辛又烧脑的写作之路，幸还是不幸？但她是如此痴迷于这项工作，孜孜不倦，像蚕一样吐出亮闪闪的生命之丝，拒世俗喧嚣浮华于千里之外，宁肯住进厚厚的茧里守望一盏孤独的灯。

“蝉是大自然的歌者，我是大自然的信徒。如果余生还有很多个夏天，我希望仍旧这样度过—接受每一个清晨与黄昏愉快的邀约，把自己投入到万物之中，将听见的自然之歌记录下来，以与泥土亲近的文字去播种，去收藏。”（《后记》）

“居住的地方有一条河流是多么奢侈的事，如果这条河宽阔又清澈，那么一生守着这条河也不会觉得单调匮乏。河流会带来整个世界的讯息，季风流动，云起云散，还有‘飞鸟相与还’的晨昏，每一天的遇见都不可预期，每一个平凡的瞬间都隐藏着奇迹，如同生命本身，不能复制，不可重来。”（《在河边相遇》）

她在这本书里所写的，其实已经不是一条简单的河流，而是对大地上所有生灵的解读与观照。让我们在大自然的斑斓里，看到世界在沉沦的刹那，落日比上升的事物更美，拥有哲学层面的含义。

在过去的许多岁月里，故乡的人们熟悉她的一个侧面，一个略显孤独的背影。而人们不知道的是，在这大山与密林的深处，隐藏着一位思想敏锐的作家——她默默地爱着这里的山水与草木，飞鸟与昆虫，用心观察着，记录着，让这一切羽化成文字，蝴蝶般飞向四面八方。

是为序。

序二：

让心灵在自然中栖居

张静静

自然是一座神殿，孕育万物，滋养万物，丽敏是一位虔诚的信徒，对自然怀有感恩及崇敬的情感，她懂得自然的秘密语言，也深知一切生灵蕴含着自然的神力和庄严。一直以来，她不断把自然作为书写对象，她熟悉家乡的每一座山、每一条河，她以一颗诗人之心记录下四季流转中关于自然的诸多奥秘。

在这部书中，丽敏以极具现场感的文字和摄影为浦溪河立此存照，呈现出大自然自身的价值和意义。她记录下一年四季中浦溪河的自然生态和皖南乡村的日常生活场景。她的文字细腻灵动，或寥寥数笔的勾勒，或工笔画似的白描。在她的作品里，我们得以见识草木鸟兽之名，尤其在这部散文集中，她俨然化身为一位鸟类研究专家，对于文鸟、鹭鸶、黑水鸡、小鹏鹛、翠鸟、斑嘴鸭、燕子、灰头麦鸡、绣眼鸟、乌鸫、灰椋鸟、领雀嘴鹎等鸟类如数家珍，通过书写把观察到的一切告诉她的读者。

为了观察鹭鸶、豆娘和斑嘴鸭，在许多个清晨和傍晚，丽敏长时间蹲守在浦溪河附近，于是我们在《鹭鸶的村庄》《夏日之野的精灵》《在河边相遇》中了解到这些生灵的独特之处。她笔下的鹭鸶“在田里漫步的样子很是悠闲，细长的双足，在慢四的节拍里踱着步子，并不左顾右盼，有时会把S形弯曲的颈子伸出，向前伸直，仿佛空中有音乐在弹奏，而它在凝神倾听”。在自然中，她的感官是敏锐的、打开的，不仅用眼睛观察，也用耳朵聆听，用心体验。她面对自然的态度也是谦卑的，蹲下身子轻轻靠近每一个拍摄对象，尽可能地贴近那些被我们忽略的事物。在她的笔下，万物皆有灵性，于是我们在《我的邻居胡蜂》《暮春养蝶记》《与鸟同居》等篇章中，看到胡蜂、蝴蝶、斑鸠成了她的芳邻。

丽敏堪称自然美景的收集者。能写景者颇多，但最不容易写的是自然瞬息万变的一面。丽敏尤其善于描写云雾、晚霞、光影倏忽之间变化莫测的美，她形容雨后五彩缤纷的彩霞就像打翻的调色板，铺陈出种种绚烂无比的颜色：“这个时间南边的天色也很丰富，这丰富是雨后的云层和黄昏的光线营造的——接近山脉的云是墨蓝，略高一些的云是霭蓝、夕雾蓝，然后是青灰、银灰。一层层堆卷、铺陈，色度由深至浅，很有质感。”这样的段落总令我凝神屏息，感叹自然造物之神才是最高明的艺术家，也感激作者的妙笔生花，把大自然的细微之美以多维画面的方式呈现给读者。

自然不仅是丽敏观察的对象与写作素材的来源，更是她的精神家园。在与自然的朝夕相处中，她不断重新认知外在的自然世界和自我的内心世界："大自然永远能给心灵以慰藉，"她说，"当一个人用写作的方式，再一次认识和感受这个世界，就是从这个世界，从一草一木之中，甚至是从一株被阳光照得金灿的狗尾巴草里，重新让自己诞生。"对自然的关注让她对熟悉的事物有了不一样的认识，去看，去听，去触摸，重启自身与自然的对话。对自然事物的关注也是一张滤网，帮助她过滤掉生活中的噪音。她主张人与自然之间要保持平等的姿态，互相信任、敞开和接纳。的确，人的烦恼大多来自膨胀的欲望以及傲慢自大的唯我主义，我们需要跳出自身的狭隘，才能重新反思人与自然的关系。在文中，她写下自己的感悟："当我把自己从人的逼仄世界里拉拽出来，融入万物之中，那将我与天地自然隔开的围墙也就消失了。我不再只是一个'人'，我成为我看见的一切，生命的边界由此打开和拓宽。"

丽敏是一位富有诗性的自然写作者。诗性不仅体现在她作品的内容上，也体现在她独特的语言中。"插了秧苗的水田如同写满诗句的宣纸。那些诗句，每一个字词标点都有生命，含翠欲滴，落地即生根，滋滋滋，寂静又贪婪地吸着水。"她写的秧苗正是她的生命状态，紧紧抓住脚下那片熟悉的土地，向自然万物汲取能量，喂养写作。在她诗意敏感的目光之下，没有什么是不能写的，日常中微不足道的一切都可以在她笔下熠熠生辉。

在这部书里丽敏也写了她的家人与朋友，字里行间流淌着温暖的烟火气息。她的朋友也包括那些不在世的人，比如梭罗，在这本书里她甚至给梭罗写了一封信："这几天我一直想给一个远方的朋友写信，当我有这个念头的时候，想到的皆是一些古人和逝去的人，比如陶潜、王维，比如德富芦花、约翰·巴勒斯、普里什文。对我来说，给你们中间的任何一个人写都可以，没有分别，没有时间和空间的界限。就像夜晚的星空，你不能说哪颗星是某某年某某国的。星辰属于宇宙和长久凝视它们的人。对我来说，你们就是那样的存在——在我的小宇宙里各自发光，彼此照耀，也照耀着我。"丽敏提及的这些作家皆是自然主义者，信奉一种与自然为邻、简朴又丰富的生活，阅读《浦溪河的一年》，不难感受到丽敏与他们有着穿越时空的精神共鸣。

每一个在尘世中摸爬滚打的人，或许内心都有一个田园梦，期盼逃离阴霾和喧嚣的围困，让心灵诗意地栖居于大自然中，那么让我们打开丽敏的书，在她以文字构建的山河里，一起去欣赏这幅自然画卷，品读这首大地之诗。

目录

夏

秋

冬 春

蜂 · 在河边相遇 · 唯有自然不辜负 · 迁徙季的河流 ·

夏

秋

鹭鸶的村庄

浦溪河

那条从黄山北门流下的河名叫浦溪河。

若是以空中翱翔的鹰之视角来看，浦溪河就是一条从光明顶飞身而下的青龙，潜游山谷，盘桓于这个有一千多年历史的小城。

发源于黄山的几条河流里，浦溪河是唯一一条穿城而过的河，河水滋养着两岸的农田、村庄，居民世世代代沿着这条河流建筑房屋，经营商铺，在田间耕作，植桑种麻，繁衍生息。

这条河在过去其实是叫婆溪河的，改成浦溪河是近几十年的事。

为什么改成浦溪河？不得而知。可能是觉得婆溪河这名字过于俚俗——就像一个孩子的乳名，家里人自小叫着，亲昵得很，

长大了，进了学校，就不能再以乳名称之，得有个体面的名号。但只要往这条河的桥上一站——无论哪一座桥，俯身看下去，就会觉得婆溪河是多么贴切的名字——河岸边的洗衣埠上，有那么多女人在洗洗涮涮，年老的拿小板凳坐着，年轻的蹲着，或赤脚站进河水里，手里抡着木榔槌，在石埠上把衣服捶得水花四溅，梆梆声此起彼伏。

也只有在皖南才能看到这幕场景吧，女人们仍然在河里浣洗衣物，三五成群，嘁嘁喳喳，走一拨又来一拨，成为河流生气勃勃的景致。

不知道浦溪河上有几座桥，仅十字畈村就有四五座，天气好时，站在桥上可以清晰地看见黄山北海群峰。

“山似莲花艳，流如明月光。”一千年来，有多少人站在浦溪河的桥上——就像我此刻这样——凝神眺望着黄山，心里蓦然而起一种敬畏感，仿佛河流尽头的山是一座神庙，而人对山的凝望，是精神的灵修与祈祷。

十字畈与张家埂

十字畈与张家埂是以浦溪河为界的两个村子，河西是张家埂，河东是十字畈。

村与村之间只隔一条河或一条马路，在皖南是寻常的事。皖南的村子都不大，一个村子若是有七八十户人家，就算大村子了。多数村子只有四十几户人家，也有只住一两户人家的村子。

一个村子只住一两户人家，会不会过于冷僻？其实不会，走上半里路，拐一个弯，就能看见另一个村子。

我居住的小区在十字畈。从村名看，就知道这里原先是畈区，有十字相间、纵横交错的农田。在山多地少的皖南，拥有一片开阔田地，是很少有的，也是很珍贵的。

我在甘棠读高中时，十字畈和张家埂这一带还有很多开阔田地，有“小城粮仓”之称。后来，也就是十多年前，房地产大热，城区向周边延伸，那些开阔田地也就渐渐缩水，取而代之的是一个个小区，一排排楼宇。

眼见着良田变成工地，难免会有揪心的痛感：真是疯了，建这么多房子有什么用？田地没有了，以后的庄稼种在哪里？人们吃什么，靠什么生存？

没想到的是，十年后，我竟成了这片小区的居民，心里并无惭愧感，甚至还很庆幸——人多么容易成为自己反对的人。

相比别处，小区周围还是有不少田地的，这也是我去年换房时选择把居所安扎于此的原因。一直以来，我就希望住在田野边上，开门就能看见稻田，看见远处的青山，屋后最好有几棵大树，有一片竹林，冬天能听见雪花落在竹叶上扑簌扑簌的声音。

十字畈与张家埂就有这样的地方。当我在清晨和傍晚，沿着村庄道路行走，抬眼看见这样的地方，心里就一阵阵发热，仿佛路的转角处就是家园。

昨天清晨，不知不觉沿着田间小路走到一户人家门前——这户人家除了屋后有树和竹林，屋前还流着一条清亮的小溪。溪水潺潺，如琴弦弹拨，几只小鸭子在溪边悠游自在地浮水，

见我靠近，又一齐上岸，排着队，尾巴一摇一摇，走向绿莹莹的稻田。它们排队走在田埂上的样子就像动画片里的场景，稚拙可爱，让人忍俊不禁。

忽然，听见扑通扑通两声响，走在前面的两只小鸭子追打起来，跌进田里，迅速爬起来又继续追打。其中一只小鸭子嘴里似乎衔着什么，仔细看，原来是条长泥鳅。泥鳅在小鸭子的嘴里扭来扭去，努力挣脱，但为时已晚，小鸭子伸长颈子，以惊人的速度吞下泥鳅,与它争抢的另一只小鸭子眼见没指望了，快快转身，扑进田里。

小鸭子全都钻进稻田里去了，看不见它们的身影，只见秧苗怕痒般不停颤动。不用担心小鸭子会毁坏秧苗，它们在秧苗间的穿行就像农人锄地，会让板结的泥巴变得松动，泥巴下植物根茎的呼吸也就更酣畅了。

白鹭晴野

十字畈的稻田里有很多鹭鸶。

清晨走在田边，经常会惊扰到它们，直到鹭鸶突然从身边扑翅飞起，飞向稻田中央，这才发觉它们之前离我那么近。稻秧在梅雨季里吸饱了水，个条长得飞快，这时已葱郁一片，足够鹭鸶隐身其间而不被发现。

鹭鸶缩起一只腿，单足立于田间时，还是很容易看见的。青的稻秧，白的鹭，颜色对比鲜明，看得眼睛一片凉润。

稻田之后就是白墙黑瓦的村庄。鹭鸶在这片稻田里栖息，

也算得上是与人同居了，习惯了人们在它们周围出没，并不见怪。但离得太近时，鸟类的本能还是会及时提醒它们，迅速飞远。

鹭鸶在田里漫步的样子很是悠闲，细长的双足，在慢四的节拍里踱着步子，并不左顾右盼，有时会把S形弯曲的颈子伸出，向前伸直，仿佛空中有音乐在弹奏，而它在凝神倾听。

鹭鸶天生优雅。这优雅来自它羽毛的颜色——像一个身着洁白夏衫的人，也来自它的身形——长腿、长颈、长尾。而更多的，还是来自它的缓慢与从容。

鸟禽也好，人也好，有了从容的气度，也就有了优雅。

鹭鸶是诗意田园和农耕生活的象征，也是自然生态的晴雨表，当它们栖居的环境发生了改变，失去宁静与清澈，就会在一夜间群体消失，谁也不知道它们去了哪里。

而鹭鸶的消失，也预示着人们的生活将失去安宁。

站在十字畈的村口，目光跟随着鹭鸶在夏初的晴野漫游，它们从一亩田走向另一亩田，或轻盈地展翅，向更远处的鹭群飞去，心里倏然一颤，一个强烈的祈愿冲上喉间：让这片田野永久地保留下去吧，给生活其间的生灵们留着，也给子孙后代们留着，留给等待发芽的种子，留给向下伸延的根须，不要侵占毁坏，不要让这片田野沦为贪欲之火吞噬过后的废墟。

鹭鸶落牛背

浦溪河南边有一座山，看起来并不高。

问村里遇见的一位农夫，那山有名字吗？农夫说没有。

那这村叫什么名字?

黄荆，农夫说。

黄荆是一种植物，用植物名作村庄的名字，是常有的事。

我来给这山取个名字吧，叫卧牛山，你看怎样？我笑问。

农夫抬头看了看山，有一队鹭鸶正从山里飞出，飞过稻田上空，向村庄对面的河边飞去。山上可见更多的鹭鸶，站立在树梢上，静静地，远看像一朵朵玉兰花苞。

农夫没作声，笑笑，低头干他手里的活。

这山上有多少鹭鸶?

有几百只。农夫想了想，又说，春天的时候更多，现在飞走好多了。

为什么飞走?

小鹭鸶长大了，大鹭鸶就领着飞出巢，天一冷，它们就从这里飞走，第二年春暖时又飞回来，生蛋，孵蛋。

我松了一口气，原来它们并不是逃离，它们走了还会回来。

农夫的家就在离山不远的地方，中间隔着两三亩田。他家的房子看起来有点旧，低矮的三间小瓦房，墙皮剥落不少，好在屋前场院大，三面都是稻田，视野开阔，坐在门口就能毫无遮挡地看见黄山。

这村子大多人家已建了两层或三层的楼房——周围的村庄也这样，很少能看见老房子了。不知道农夫为什么还住在这旧房子里。

住在这里晚上能听到山上的鹭鸶叫吗？我问。

能听见，春天的时候叫得更厉害，整夜整夜地叫。

春天的时候我也听到过一次，在山那边的公路上，是傍晚和嫂子走路时听到的，若不知道那山上有什么，还真有点瘆人——那声音听起来像极了小孩子的哭声，尖声利气，此起彼伏。

嫂子告诉我是山上的鹭鸶在叫。附近几个村庄的鹭鸶夜晚都栖身在这山上，天亮了就飞出去，去周边的田野，去浦溪河。

那么优雅的鸟，叫声可一点也不优雅。体形大的鸟叫声似乎都如此，粗嘎，单调。就连孔雀也是这样，鸣声与外形的落差很大。

造物主是公平的，不会把优点全部给予某一种生物，也不会把缺点全部给予某一种生物。优点若是过于集中，反倒会害了它，会让它成为捕猎者的目标，时时处于险境。

在清晨，站在农夫家门前的场院里，仍能听见山上的鹭鸣，有点稚嫩，是雏鹭发出来的嗷嗷待哺的声音。

除了鹭的鸣叫，此时最为清晰的是蝉鸣，如一条声音的河流淌在空中，银波荡漾，绵绵不绝。

时常在一些友人的文字里读到对蝉鸣的厌烦，觉得吵闹，仿佛是它们使夏日加倍炎热。怎么会厌烦蝉鸣呢？我有些不解，夏天若没有蝉鸣，该是多么空荡，了无生趣。后来终于有些明白——因为那些友人是居住在城市里的，他们听到的蝉鸣，是裹挟在汽车尾气里、被楼宇挤压得焦躁不安的蝉鸣。

在乡间，无论蝉鸣多么稠密都不会觉得吵闹，只感到一种夏日独有的生机和趣味。大自然的声音，只有安放在真正属于它的环境里才能让人舒心。

不知道农夫是否也有这样的感觉，他把家安在这里，就是住进了一张天籁风格的音乐碟片。想想看，这么多稻田，围着他的房子，在春天和初夏的夜晚，蛙鸣该是多么稠密，和田里茂密的禾苗一样。而到了仲夏之后、秋凉之前，虫鸣又会像一座森林矗立在田野，使夜晚变得更为深远、丰富，趣味盎然。

你这房子出租吗？我问农夫。

不租。

农夫很干脆地回答。

乡下的老房子，夏天热冬天冷，蚊虫也多，又没有卫生间，你们城里人住不惯的。见我有点失望，农夫补充了一句。

太阳已经移出山头，将光芒铺洒在稻田里，无以计数的露珠，在这一时刻全都闪闪发亮。

一队刚长成的鸡崽从山脚沿着田埂走过来，领头的是一只体形俊美的公鸡，一路走，一路捕食着草里的虫子。

农夫说村里的家禽都是散养的，鸡鸭鹅狗猫，全都不用人管，清晨放出去，让它们去野外找吃的，吃饱了就自己回来。

看它们悠然自在的样子，不由地替它们那些养在笼子里的同类感到悲哀。

问农夫可有路通往那座被鹭鸶青睐的山，农夫说没有。

没有路也好，这样人就不能轻易靠近那座山，山就完全属于鹭群了。

这山是有名字的，农夫忽然说。

什么名字？我问。

牛背山。农夫笑道，小时候听父辈们这样叫过，因为鹭鸶喜欢落在牛背上。

如梦之遇

清晨，出门时天还晴着。穿过马路，走出一片林荫，感觉有水珠扑面，细而凉，落在鼻尖和手臂上。

下雨了吗？可眼前的河面正在晨曦里发着光。

突然降临的雨也惊动了水鸟，它们从河里飞起，一行十几只，向着山间飞去。目光追着鸟群移向远处，一弯彩虹进入视野。

这太像梦境中的场景，美到失真，让人疑心眼前所见是幻觉。

一位扎着马尾辫的姑娘骑车经过我身边，见我仰面望着什么，停下车，顺着我的方向，扭头向背后的天空看去。

啊，彩虹！姑娘喊道。

我们对望了一眼，心照不宣地笑起来。在一天的清晨遇见彩虹，无论多么理性的人，都会觉得这是不寻常的吉兆吧，像是收到了不起的祝福。

经常看你在这条路上走，你住这附近？姑娘用普通话问我。

是的，住在对面小区里。我用本地方言回答。

她愣了一下，对我会说方言有些意外。

你应该带把伞，这雨会淋湿你的。姑娘丢下这句话，骑上车向城区的方向驰去，马尾辫在脑后被风吹得飞起来。

姑娘走后我才想起，两天前见过她，在浦溪河边，和一位小伙子面对面蹲着洗衣服，有说有笑的样子。那小伙子不知说了一句什么，姑娘的马尾辫在脑后一甩，抡起木榔槌，作势要打他，谁知手一松，木榔槌掉进河里，在急流中往下游漂去。小伙子赶紧下到河里追木榔槌，踩得水花四溅，差一点摔倒，

夏

惹得河边洗衣服的人笑作一团。

木榔槌漂到一块大石头跟前停住了，那里水深，要靠近石头只能游泳。小伙子犹豫片刻，扑到水里，只把头露出水面，向石头划去。不料木榔槌给水浪一冲，又离开石头，继续往下游漂——简直是故意使恶作剧戏弄他。

木榔槌被下游洗衣服的人捞起来了。村庄的河两边，隔几十米就有一个洗衣埠，上游的人落了什么在河里，大喊几声，下游就会有人给捞起来。那小伙子显然不知道这个，白白出了一回洋相。

雨下得密了一些，看样子也不会下太久，在细雨里走着很舒服，雨点子贴在皮肤上，是清凉的恩泽。

水鸟在空中飞了一圈，又飞回来了，落在原先的河滩，悠闲地散步、静立，偶尔低头捕食从身边游过的鱼虾。不知它们可看见了彩虹，也许看见了——它们刚才飞往的方向就是彩虹那边。

彩虹还在天上，恬淡、静谧，和所有美好的事物一样，仿佛随时会消失，又似乎永不会消失。

长夏无尽

夏

有瓜有果的夏日

醒来，听到乌鸫的鸣叫，随后听到起风的声音。已经晴了两天，阳台外的红叶李树叶子晒得发干，风刮在上面声音也是干燥的。

听这风声，就觉得暑天快到了。

不知道刮的可是南风。民间说“五月南风下大雨”，现在农历应该还在五月里。

一个月前，小区外面开了一家小店，卖日用品，也卖水果蔬菜。

这个季节是夏季瓜果的成熟季，小店的水果蔬菜又很新鲜，且是本地种植，自然，我就成了小店的常客。

起初是在晨走回来时顺道买一些，塑料袋装着，拎回来。

过了几天，发现厨房里竟然积了一摞塑料袋，再出门就拎一只篮子。

将挑好的瓜果放在电子台秤上，称好了，店主还是习惯用塑料袋装，我忙说不要袋子，放篮子里吧。

去过几次小店后，店主基本摸清了我的路数。一进门，店主就说，小她，今天的西红柿不错，是本地的；小她，今天的桃子好吃，脆甜；小她，今天的香瓜很好……

店主不知道怎么称呼我，就叫我“小她”。

开始的几日，店主以为我是外地人，跟我说普通话，问我是不是老师。我用本地话回答，说我不是老师。之后店主就叫我小她了。

小店的位置是有点偏的，来买东西的人却不少，早晨七点左右人更多，要排队付款。

前天早晨去买瓜果，刚好碰上购物高峰。有几个原先和店主就是熟人，说要赶时间上班，让店主先过秤收钱。店主就接过东西先过秤了。一对住在小区的夫妻——是在外地退休来度假的——被挤在后面。男人没说什么，女人显然生气了，指责起店主，说明明他们先来的，被挤在后面，以后再也不来小店买东西了。

店主忙赔笑脸，说哎呀，都是村里熟人，赶着上班，不好意思呀。

今天进小店，居然看见丑瓜。

侄子前几天就说想吃丑瓜。他妈妈去菜市场找，没找到，倒让我在这小店碰上了。总共三只丑瓜，我买了两只，接着挑了七八只本地西红柿。

我对这个季节的西红柿没有抵抗力，捧在手上，闻着气味就很幸福。西红柿的气味，对我来说就是童年夏天的味道。只要闻到这气味，就能把我送回童年的夏日时光。

人的记忆真是太固执，童年留下的印记，一生都在那里。幸福的，悲伤的，快乐的，孤独的，恐惧的。你以为早就淡忘了，可一种气味、一个场景、一段音乐，就能将你唤回去，有时在白天，有时在夜晚的梦境里。

西红柿在我童年留下的，就是和幸福有关的记忆。五岁的时候，跟母亲在偏僻的山村学校里种过它。后来长大了一点，又跟父亲在自家屋后的菜园种过它。

有两年暑假，早起的第一件事，就是拎着菜篮去地里摘西红柿。不知道还有什么蔬菜像西红柿那样殷勤，每次都将我的篮子装得满满的。采摘的快乐充盈着我，当然还有吃的快乐。采摘时，我会先挑一只最大的，在衣服上蹭两下，送到嘴边。熟透的西红柿汁水很多，不能一口啃下去，那样会溅得脸上衣服上到处都是。要先在西红柿顶部咬一个小小的口子，把嘴巴贴上去，吮吸，将里面的汁水吸得差不多了，再吃它的果肉。

暑假快过完时，菜园里的西红柿也变得稀少起来，终于一只也没有了，禾子倒伏在地上，像耗尽了能量之后苍老疲惫的人。而我，在经过了这个夏天后又长高了一大截。

今早还买了桃子。这个季节的桃子也是难以抵抗的，水蜜

桃也好，脆桃也好，只要是刚摘下来的，看见了，就让人走不动路。

起先并不想买桃子——我的篮子已经装满了，除了丑瓜西红柿，还有三根顶花带刺的黄瓜。

桃子怎么卖？绕着桃子走了两圈，还是忍不住问店主。

五块，店主说，这桃子好啊，今早刚摘的，你买一只尝尝。

店主看出我的犹豫，又看了看我手上的篮子，没建议我多买。

好吧，那就买一只。可是一蹲下来，就觉得每只桃子都好，拿了这只又拿那只，舍不得放下。

拎了篮子出小店门，风比之前猛了一些，几乎要将我的帽子掀飞。摁住帽顶，仰头看，天色比早起时暗沉了，云被风压得很低，有两只雨燕在云下急急地穿梭，一只不知道谁丢失的红气球在地上滚着，再滚几步就要落进河里。

很快就会有一场大雨。

这样的夏日，有瓜有果的夏日，再来一场大雨就更完美了。大雨让人心安理得地待在屋子里，将瓜果洗净，摆在面前；泡一杯绿茶，摆在面前；再从书堆里挑一本买了很久又一直没有空读的书，摆在面前。

如果是雷雨，也很好，拔掉屋里所有插头，手机关上，书也不看了——光线太暗，看不见——就在阳台边的藤椅里坐着，看闪电裂开天空，听雷声由远而近滚过屋顶。除了雨声、雷声，再也没有别的什么声音——鸟鸣声也没有，它们都躲进树丛里了。

想想我已在人间度过了很多个这样的夏天，真是幸运。想想我此刻仍拥有这样的夏天，还有什么不满足呢。

夏日黄昏即景

夏至后天黑得晚，七点钟太阳还没落山。我出门的时候是六点半，黄昏光线最柔和的时候。走到十字畈村口，一片水田里响着突突突的声音，是犁田机在翻耕。此时翻耕水田应该是种晚稻。

很快就看到了鹭群，低空飞着，犁田机开到哪儿，它们飞到哪儿，落在新翻过来的田泥上，又一哄而散地飞开。鹭群毫不在乎犁田机的轰鸣声——犁田机是为它们提供美味大餐的厨师，虽然模样丑陋、怪异，一副坏脾气的样子。

那些藏在泥下的小东西，被翻上来的瞬间一定傻掉了，吓得魂都没有了，想躲又来不及躲，只能听天由命。也有侥幸逃脱的，趁着白鹭飞起来的时候重新钻入泥下——犁田机在水田里横冲直撞，鹭群也就不能长时间停在那里，得迅速地飞开避让，不然就撞在这个可爱又可怕的家伙身上了。

水田里的场景很热闹，简直像一幕乡野风的舞台剧，而天空的落日霞光就是这舞台的背景。可惜出门时没有带相机，想回去取，又怕来不及，反倒错过了观看这幕黄昏景象的机会。

这个时间南边的天色也很丰富，这丰富是雨后的云层和黄昏的光线营造的——接近山脉的云是墨蓝，略高一些的云是霭蓝、夕雾蓝，然后是青灰、银灰。一层层堆卷、铺陈，色度由深至浅，很有质感。

稻田里是大面积的绿色，泛着淡金的光泽。稻田中间有一座白色的房子，此时也是淡金色的。这户人家为什么把房子建在稻田中间呢？孤零零的，仿佛故意与村庄保持距离。不过从我站着的角度来看，确实是很美的，浑然天成的美，如果这是一幅油画，那么白房子显然就是画面的焦点，点睛之笔。

用手机拍摄下稻田里的白房子和南边天空的云层，就在我重新转过身面向落日方向时，目光落在近处的稻田里，确切地说，落在稻田中间袅袅飘舞的烟雾上。

冬天下过霜的清晨，在河面经常能看到这烟雾，像身材修长的女子踏波轻舞。只不过冬日河面的烟雾是乳白色的，而眼前的烟雾是金色的，大约是夕晖映照的缘故吧。

起先看见的只是稻田中间一处，很快发现对面田埂也有，丝丝缕缕。

稻田里怎么会有烟雾？奇怪的是，这烟雾像是有根的，根扎在田间固定的地方，仿佛那地方有一个秘密出口——就像屋顶的烟囱，烟雾就从那里钻出来，不停地钻出来。

想起小时候，夏天乘凉，听奶奶说过看见生魂的事，轻飘飘的一缕，变来变去。火焰低的人才能看见，火焰高的人是看不见的，奶奶说。

奶奶说人肩膀上有两盏火焰，走夜路的时候，不管听到谁喊你都不能回头，一回头火焰就灭了，魂就丢了。

这田里的烟雾也是轻飘飘的一缕，变来变去。某个瞬间，我觉得那说不定就是谁丢失的生魂。

如果真的是生魂，那也是我丢失的——此刻我站在这里，就是一副失魂的样子。我被这金色的烟雾迷住了，作不了声，也舍不得眨眼睛。烟雾不停变幻着形状，一会儿变胖，从中间分开成两缕，接着又绞在一起，扭成麻花，随后又变得细细长长，丝带一样。如果生魂是这样有意思的东西，看见也是难得的幸运，没有什么可怕的。

暮色渐浓，落日就要收走它最后的余晖，天很快将黑下来。天一黑就看不见这灵异场景了，那么我怎么才能确定刚才看见的不是幻觉？

打开手机，我要趁着最后的亮光把看见的拍摄下来。

我拍摄的举动引起路人的注意，不一会儿，就听到路边有人大叫：看，那田里在冒烟……

原来不是我一个人能看见这灵异的一幕，别人也能看见。

奇怪，烟是从哪里来的？

地底下冒出来的。

叫声又吸引过来几个人，指指点点。

哪里是冒烟，那是虫阵。有路过的农夫说道。

虫阵？

对啊，蠓虫的虫阵，这东西很讨厌，太阳一落山就到处飞。农夫说着就伸手在空中挥舞了一下，驱赶那些飞在他眼前的蠓虫。

惊呼田里冒烟的人没有再作声，似乎有点惭愧——生在乡间的人，居然连这也不知道，大惊小怪的。

我心里也暗暗惭愧，为自己同样的无知，更多的是失落。明白这么迷人的金色烟雾，原来不过是蠓虫在黄昏时的聚集、群体狂欢，就仿佛魔法被人揭穿，恍然大悟的同时也兴味索然。

再看那田间飘舞的一缕，依然还是美的，但已失去它迷惑人的魔力了。

遇见一只鸟

清晨走路的时候遇见一只鸟。

我说遇见，是因为我和这只鸟之间有近半分钟的对视，在那半分钟里，我们都站着不动，观察对方。

我没认出那是一只什么鸟，它的体形很小，灰褐羽色，打眼看有点像麻雀，又比麻雀细长一些。

是在去往饶村方向的河边遇见这只鸟的，我手里拎着篮子，准备采一点野花，装饰我的居所。这只鸟——暂且叫它小灰吧——也在采集，在扬着花穗的芭茅丛里，两只爪子紧紧抓住芭茅秆，嘴里咬着一支芭茅花穗，向上、向下，来回用力地扯动。

当小灰发现我停下来看着它，也停下了动作，歪头看着我，嘴里仍旧衔着那根芭茅花穗，没有松开的意思。芭茅的韧性太强了，看起来很细，折断却不是容易的事。

我和小灰之间只有两米的距离，但我双手垂着，一只手里还提着东西，小灰犹豫了一会儿，似乎觉得这个人并不那么危险，又扯动起芭茅花穗。从用力的程度上，可以看出它的执着和迫切，不达目的不罢休的样子。

芭茅花蓬松、柔软，对鸟类来说是很好的建筑材料，显然小灰采它是要用来垒巢的。我在路边树上见过鸟巢，搭在树丫

之间，很结实的碗状，看着就觉得舒服，会有“变成小鸟卧在里面也很不错”的想法。

有人骑着摩托车过来了，觉得我挡了路，按了两声喇叭。小灰对摩托的声音置若罔闻，仍使劲地扯着那根要命的芭茅花穗。有点懊悔出门时没有带相机，错过了这么好的拍摄机会。不过如果我带了相机对准小灰，很可能会给小灰威胁感，丢下芭茅飞走。

那根芭茅花穗最终还是被小灰扯下来了，小灰衔着比它身体还要长的花穗，得意地向我扬了扬尾巴，张开翅膀，向远处的树林飞去。

隔日，再次去往饶村路口的河边，经过那片芭茅丛，一只鸟擦过我的肩膀飞过去，落在芭茅丛里。又是小灰。

相同的时间和地点，相同的场景。就像一个梦重复地做了一次。

小灰还是来采芭茅花的。已经过去两天了，它的窝还没筑好吗？

很快就发现，是两只小灰在采芭茅。一只飞来，采下一根，飞走；另一只又飞过来，采一根，飞走。两只鸟穿梭着来去，间隔的时间不过半分钟。很显然，这是两口子，一对齐心协力共建家园的小夫妻。

和前天那只小灰比起来，这对小夫妻采芭茅的速度要快多了，称得上熟练工。

小夫妻俩不仅在采集芭茅的技术上是熟练工，在数学计算上也是高手，它们的飞行是直线的，缩短了路程，也就节省了体力。这是它们为什么会擦着我的肩膀飞过的原因——我站着的位置，刚好在它们直线往返的航道上。

两只鸟在一起就是比一只鸟的胆子大，我这么近地站着，直愣愣地盯着它们，手上还拿着相机（今天是有备而来的），它们居然毫不在乎，只顾忙着自己的活，不知疲倦，不辞辛苦，好像有什么在催促着它们：快一点，快一点，再不快点就来不及了。

相机的功能除了拍摄，还能从取景器里更清晰地观看拍摄对象。小灰——暂且还是叫它们小灰吧——腰腹部的羽毛是灰白色，尾巴和翅膀尖是灰黑色，背部和颈项的羽毛是浅褐色，眼睛则完全是黑色，嘴喙短而坚硬，有银灰的金属光泽。

小灰落在芭茅秆子上的样子就像在玩一个很有意思的游戏——芭茅秆受力后，朝一边垂弯下来，小灰就顺着惯性一个劲地往下滑，滑到底，刚好挨近芭茅花穗，然后扭转身子，歪着脑袋，用嘴喙衔住一根花穗，用力扯断。

小灰筑巢的位置就在马路对面的绿化树上，距离河边芭茅丛两三百米。马路两边是稻田，把巢筑在这里，就是把家安在鱼米之乡了。

小灰的中文名叫白腰文鸟——当我把拍下的照片发到朋友圈，诗人淡墨留言说出了它的名号。百度上说白腰文鸟也叫白丽鸟、禾谷、十姊妹、算命鸟、衔珠鸟、观音鸟。原来鸟和植物一样，也是有很多名字的，听起来都很有趣，又有诗意。为什么白腰文鸟也叫算命鸟呢？小时候在街边看到过一种鸟，立在算命先生手背上，能听得懂指令并且会衔算命签，莫非就是此君？在网上搜索查询，果然是。怪不得，它啄芭茅时小脑袋歪来歪去，思考着什么的神情，让我有似曾相识的感觉。很久很久以前，我可是对它深深着迷过的，觉得这就是神鸟，通天地之灵，掌握着了不起的秘密。

回来的路上还拍到在田间不停摆动尾巴的黑水鸡、两只恋爱中的乌鸫、啃食叶子的瓢虫和停在电线杆上若有所思的红嘴蓝鹊。它们就生活在我的周围，有时我看不见它们，有时又随时随地能看见它们。

当我看见它们，就忘记了自己作为一个人的存在——我把自己当成它们当中的一员，这也是一天中最快乐的时刻。

落在肩上的童年

连日雨水，温度回落到初夏。入伏后，清晨的空气还是清凉的。

那只大蓝蜻蜓落在我肩上，可能就是为了取暖吧。想到我身上散发的热度能够温暖到它，有种妙不可言的幸福感。

大蓝蜻蜓落在肩上的时候，我正面对一树紫藤站着。紫藤上有新开的花串，深紫红色。花瓣上残留着雨水，使得色泽更为浓艳。

有些诧异，紫藤在夏天也开花吗？

也许这是开两季的紫藤吧，就像一种忍冬，春天开过之后夏天又开。

打开相机拍摄。拍摄时我通常屏住呼吸，耳朵也听不到外界的声响（即便听到也不去留意）。但在拍摄紫藤花时，还是听到空中有翅膀划过的声音，在离我很近的地方，突然静止。

大约过了两秒钟才意识到，可能是一只昆虫落在我身上了。转过头，居然看到一只蓝色蜻蜓别在右肩，仿佛上帝的手指摁在那里。

这是很有意思的事，如果是一只蟑螂或臭蝽落在肩上，我不会有这样的感觉，而是迅速弹开它们，脸上露出嫌恶的表情。可见我对昆虫还是有下意识的区分，什么是可爱的，什么是不可爱的。这种区分大多来自它们的外形，或者说来自我的偏见。

在我带有偏见的区分里，蜻蜓显然是可爱这一类的，蝴蝶也是。这两种昆虫落在身上，会让我受宠若惊，就像小时候，暗暗喜欢的男孩子突然向自己示好，心里快乐得开了花，又有不知所措的惶恐。

真是美妙啊，那种只发生于内心的隐秘的欢喜，因欢喜而生出的莫名忐忑的美妙。可惜到了某个年龄，这种美妙感觉就像盛夏草叶上的露珠，蒸发了。

人的成长就是慢慢丧失的过程，丧失敏感、热情、好奇心，丧失欢喜和痛苦的能力，你很难再为什么所动，念兹在兹。好在还有大自然。只要走进大自然，好奇心就会被重新调动起来。与自然的事物接触时，在人群里丧失的种种会被重新唤醒、激活。在大自然里没有老人、中年人，只有孩子。大自然就是有这样的魔力，能让走进它的人迅速变成单纯的、很容易就快乐起来的孩子。

那只大蓝蜻蜓在我肩上停留了两分钟。如果我一直那么站

夏

着，稻草人一样站着，它可能会停留得更久，直到太阳的光线移过来。

但我还是惊动了它。我的呼吸和轻微的移动（拍照时手臂的移动），让它感觉到这里并不那么安全，压了压翅膀（我能听到压翅膀的声音），飞走了。

很奇妙，蜻蜓那么小，几乎没有分量，当它落在我肩上时，我分明感觉到有什么抓紧了我。而当它飞走之后，我的肩膀忽地一下空了，仿佛飞走的不是一只蜻蜓，而是一段失而复得的童年时光。

日落时分的静默狂欢

没有人能在日落时分徒手捉到蜻蜓。

在清晨，太阳升起之前，捉蜻蜓是一件容易的事，这个时候的蜻蜓很少飞行,三对细足抱着树枝或草叶,翅膀摊开在后背，潮乎乎，挂着细小的露水珠子，眼睛木愣着，也不转动，仿佛还没有睡醒，偶尔飞起来，也不会飞出多远，很快落下，停在那里，仿佛又睡着了。

清晨的蜻蜓大多单独待着，不像黄昏。在黄昏，你看见的蜻蜓就是另一回事了——那么多蜻蜓，成千上万只蜻蜓，飞在你的前面，飞在左边和右边，看似漫不经心，毫无防备，让你觉得只需伸出手，随意往空中一抓就能捉住一只。但你就是捉不到。

其实你并不想捉它们，你就是不服气，心里升起一股子被

戏弄的恼羞，蜻蜓慢悠悠地飞在面前，分明就是故意引逗你——来呀，来抓我呀！你当然不肯认输，忍不住再一次伸出手，当然还是落空，手里除了空气，什么也没有。蜻蜓那金箔样的翅膀在夕阳中一晃，就变成跳跃的光点，消失在更多涌过来的波光之中。

真奇怪，蜻蜓怎么就不累呢？它们一直不停地飞着，向上，向下，在空中灵活地转弯，还会顿号一样在空中停顿片刻，可就是不会落到地面歇息一会儿。更奇妙的是，那么多蜻蜓，组成一支庞大的蜻蜓军队，在空中密集地飞着，也没有什么交通规则，却不会撞到彼此。它们飞得安静极了，一点声音也没有，一星星声音也没有，如果不是远处有知了的鸣叫声，真让人怀疑这个世界被施了魔法，被一只看不见的手摁了静音键。

你想起乡间一种迷信的说法：蜻蜓和蝴蝶是冤魂变的。不要捉它们，冤魂变的东西碰不得。小时候你不明白村里老人为什么会这么说，蜻蜓和蝴蝶的样子并不吓人，为什么要说它们是冤魂变的。现在你似乎有点明白了，这两种昆虫都不会鸣叫，没有办法发出声音，它们是天生的哑巴，即使满世界都是它们飞来飞去的身影，也还是静悄悄的，就算被孩子们捉住，恶作剧地拔掉翅膀，揪去尾巴，也还是静悄悄的，发不出声音。

知了就不一样了。知了恰恰相反。整个夏天，早晨和黄昏，你走在田野里，眼睛看见的是蜻蜓和蝴蝶，耳朵听见的却是知了的声音。知了的声音总是在那里——是夏天的背景音乐，看不见却无处不在，单调又执着，间或停顿一小会儿，很快又铺陈开来。

这样也很好，大自然的安排总是有道理的，如果蜻蜓和蝴蝶也和知了一样，把声音一股脑地塞满这个世界，像墙壁一样矗立在空中，那么这个世界就太拥挤了，让人没有办法喘息了，只能紧紧塞住耳朵，让自己变成聋子。

太阳落到山顶时，蜻蜓飞得更低，速度也比之前加快了许多。落日时分的静默狂欢。天黑之前的空中盛宴。是的，蜻蜓之所以在这个时候集体出动，在低空飞行，是在享受它们的盛宴——那同样在落日时分狂欢于田野的蠓虫、蚊子，对蜻蜓来说就是天赐的，得来毫不费工夫的饕餮美味。

夏日之野的精灵

1

夏日，暑盛之时，只有早晨和傍晚能出门，白天是不敢走出去的。

早晨出门也需赶早，五点半，太阳就升得很高了。把一只细竹丝篮拿到阳台上，刚挂好，那只竹篮就放起光来，金灿灿，装了满篮子宝物一般。

其实是装了一篮子晨阳。

这几天的早晨都在做同一件事——在十字畈村口的稻田拍摄豆娘，也拍摄了稻禾上的蜘蛛和露珠。

十年前，住在湖边的时候，在夏日也起早去稻田里拍摄这些，简直入了迷。没有办法不入迷，它们太静了，入定般的静，又静又美，只需盯着它们看上一会儿就会被催眠，忘记了稻田之

外的世界，忘记自己作为人的存在，觉得自己也变得很小很小，成了它们的同类。

即使是在昆虫中，豆娘的体态也显得过于纤弱，加之它的静寂，使它无论是飞着的时候，还是停歇的时候，总显得有些恍惚，梦境般不真实。

也许是太纤弱了，豆娘很少在空中飞，更喜欢长时间停伫在一根禾叶上，细足抓住叶子，身体悬空，仿佛陷入沉睡，一动不动。

但它并非真的睡着，你稍一走近，它就感知到了，慢慢移动身体，转向稻禾的背面，用禾叶将自己遮住，藏起来。

只是豆娘的眼睛太大了，像两只大灯盏，根本藏不住。豆娘从叶子后面看着你，有点无奈，又有点无辜，也还是静静的。

有一种豆娘，两只眼睛竟然是不同色的，一只蓝，一只红。上半身又是淡绿色，长长的尾部是红色。这样设计自己身体的颜色，是想有撞色的惊艳效果吧，也真达到了这效果。

豆娘的两对翅膀很薄，比蝉翼还要薄。很多人，包括我小时候，都把豆娘当作蜻蜓，以为它是蜻蜓的幼年时期。但它并不是蜻蜓，只是和蜻蜓长得像而已。它们最大的区别就在翅膀上，蜻蜓停在那里的时候，翅膀是摊开的，仍保持着飞行中的状态，而豆娘停着时翅膀是合起的，收拢在背部。

豆娘的翅膀镀有一层金属光泽，这光泽在蜻蜓的翅膀上也见到过，光泽能帮助它们吸收太阳的能量，让它们不仅能飞在空中，还能入水。

雌性豆娘在产卵期是要入水的，把卵产在水下——这也是它们为什么驻留在稻田里与河流边的原因。曾在纪录片里见过豆娘入水产卵的画面，那真是生死一瞬间——原本使它轻盈自由的翅膀，入水后就变得沉重了，成了累赘，好在翅膀吸足了光能，在水下生成一个个气泡，给它的身体增添了浮力。当豆娘产下卵，背朝天空，从水底挣出水面时，简直有种向死而生的悲壮。

看到豆娘出水的画面，不知怎么就想到杨丽萍的舞蹈。只有杨丽萍的舞蹈能表现豆娘这种纤弱的昆虫在生死关头的受难感——柔弱又坚韧的生命之美。

也只有杨丽萍的舞蹈能表现出两只豆娘在空中交合时的轻盈感。那可能是地球上所有种群的生物中，姿态最为优美的交合。它使交合这个词变得高贵，变成优雅的行为艺术和生命美学。

这几个早晨我的收获是丰厚的，拍到了各种颜色、各种姿态的豆娘，对一个摄影爱好者来说，这真是一场夏日田野的艳遇，让人流连忘返。而这艳遇还只是开始。盛夏还有余裕，稻禾在此时还是青色的，还没有开花和灌浆，离收割的秋天还有一段时日。

2

并不是每一片稻田里都能见着豆娘。今天早晨，在窄窄的田埂上走了很远，走过好几亩稻田，才遇见三四只豆娘，且分散着，各不相干的样子。

豆娘是聚集而居的，见到一只就能见到许多只，但今早我没有这样的好运。

同样是稻田，为什么有些稻田里有豆娘，有些没有？除了对水的要求，豆娘的生存繁衍还有其他要求吗？人类对除草剂与一些农药的使用，会影响到豆娘和其他昆虫的繁衍吧？

这是可以肯定的，毋庸置疑。但我宁愿相信，并非出于这些原因使得它们变少了。如果是这样，就意味着，总有一天，并且是不太遥远的一天，豆娘会从人们的视野里彻底消失，变成传说中的生灵。

豆娘和蜻蜓是地球上比较早的居民，比恐龙存在的历史还要久远得多——它们在恐龙出现之前就完成了进化，那时已经是现在几乎称得上完美的身体构造。

如果要在昆虫里选出一位美神，我会选豆娘；如果选的是爱神，我还是会选豆娘。当了解了豆娘的前世今生，我甚至把它和安徒生童话《海的女儿》中的人物人鱼公主联想到一起。豆娘，它与那又美又脆弱，在刀刃上舞蹈的小人鱼多么相像。

豆娘与小人鱼有共同的残缺，是哑巴，不能发出声音，也有共同的生命经历，前半生在水下，后半生在陆地，并且是因为爱的驱动，才从水族转变成陆族。

也许是我太偏爱豆娘了，过度美化了它。人难以避免这样的弱点，对自己喜欢的，无论是人还是物，会格外偏爱，赋予其众多美的联想。

豆娘在水下的时候并不美，甚至是难看的。在水下时也不叫豆娘，而是叫水虿。叫水虿的时候当然没有翅膀，翅膀是它在脱离了水下生活，爬到陆地上，经历了艰难的蜕皮羽化之后获得的。

羽化大多是在夜里完成，这样，天亮之后，太阳出来时，豆娘就能在太阳的光照下晾干它的翅膀。这也是它的翅膀上为什么会有金属光泽的原因。

翅膀上的金属光泽最强时，是它刚羽化为成虫的时候。之后，这光泽会一天天淡去。

豆娘在陆地上的生活是短暂的，比蜻蜓和蝴蝶都短，只有十天。在这十天里，它必须完成繁衍后代的使命，然后走向生命的终结。

并不是所有豆娘都能顺利活到生命的自然终结之时。在它身边，时刻埋伏着掠食者，有蜘蛛布下的一张又一张网，有随时会抓住它们的螳螂、青蛙。对于偏爱豆娘之美的人来说，当然不希望它落入掠食者的口中，成为蜘蛛或青蛙的一顿大餐，尽管这对豆娘的族群并非悲剧，不会使豆娘从地球上灭绝。

在大自然中，任何生物都不过是食物链中的一环，一物降一物，才能维系物种间天然的数量平衡。唯有人类对自然的过度索取会打破这平衡，使物种繁衍变得艰难，乃至灭绝。

3

观察了几个早晨，发觉还是离我新居最近的稻田里豆娘比较多。

那片稻田也是白鹭喜欢待着的地方，每天早晨都在那里，

夏

傍晚也是。不知什么缘故。

之所以看见豆娘也是因为白鹭——几天前，想穿过稻田在近处拍摄它们。起初白鹭并不在意，当我越走越近，端起相机对准它们时，其中一只飞了起来，随后又飞起一只，余下的沉不住气了，全都飞起来，在村庄上空绕了一圈，向另一边的稻田飞去。

还是拍到了鹭鸶，在它们飞起时抢拍了几张。就在我低头转身，准备离开稻田走回马路时，发现了豆娘。

那天大约是比较特别的日子——之前和之后，都没见过那种场面——尽我目力所及，有十几对豆娘，在近乎庄严的安静中举行着交合仪式。

太阳已经升起来了，但还没有照到这片稻田里。这片稻田种的是晚稻，还没有开花。田里浸着水，明晃晃的，沿着田埂有一道浅沟，水缓缓地流淌，从一畦稻田淌向另一畦稻田。

很庆幸拿了相机出来。这相机买了有七年，普通的入门机，开始两年用得较多，出门都带着。这两年很少带它，嫌它笨重。其实并不算笨重，比起专业相机轻便得多。这两年更多是用手机拍摄。手机原本是通话工具，我却很少用这个功能。对我来说，手机就是相机、钟表，有了微信后也用它发朋友圈。

手机拍摄确实方便很多，成像效果却不及相机，尤其是远景和微距的拍摄。

住到新居后，又把久已不用的相机拿了出来，早晚出门时偶尔带着。相机镜头不知什么时候进了很多细尘，不清爽，倒也不影响拍摄。我的摄影不过是为书写留些影像记录，不必讲究那么多。

在田埂上蹲下来，调好光圈，开始拍摄豆娘。

透过镜头看豆娘的交合，更觉得它们形体的纤细与柔韧，彼此的配合也是天衣无缝。雄豆娘的三对细足抓住稻禾叶子，长长的尾部向内弯成北斗星的形状，尾端似有个吸盘，紧紧吸住雌豆娘的颈部。雌豆娘的长尾同样向内弯曲，弯成近乎祈祷者的虔诚模样。

——那或许就是一种祈祷吧，出于母性的本能，向着大自然的造物之神祈祷，祈愿它们种群的生命得以繁衍，在这多灾多难、变幻莫测的地球上生存下去，延续下去。

雌豆娘的尾端紧紧吸住雄豆娘腹部前端，它们首尾相衔，如此的造型竟有天然的艺术效果——一个堪称完美的心形。

整个过程中，雌豆娘都是倒立悬空的，身体完全附着在雄豆娘身上，靠雄豆娘的细足支撑。雄豆娘没有丝毫吃力的样子，仿佛雌豆娘是它身体的一部分，而不是多出来的负担。

它们在飞着的时候仍保持着这造型。飞行也是靠雄豆娘的翅膀完成。雌豆娘的翅膀收拢在背后，完全信任，完全依赖。

它们太专注了，已没有多余的精力来躲避我，即使我的相机触到了它们，它们也不理会，不惊慌，还是那样静静地，近乎庄严地悬挂在稻禾叶子上；静静地，梦游般飞在空中。

那个早晨——今年夏天第一次拍到豆娘的早晨——我不停地按动快门，在心里说“谢谢”，为豆娘向我展示的隆重场面而感谢，为这美得难以言说的遇见而感谢。

后来的早晨再也没有见到相同场面。而那天确实非同一般，是一年中温度最高的日子——大暑。不知是否缘于此，豆娘们才集体选择了这个日子，举行隆重的生殖礼。

4

不得不承认，我不是一个合格的田野观察者。

合格的田野观察者应该是冷静、客观的，面对大自然里正在发生的事，不越界干扰，不出于自己的好恶，去行使上帝的权力，破坏大自然的法则。而我不止一次做过这样的事，驱赶一群蚂蚁，只因它们正在享用一只落蝉；轰走一只麻雀，只因它在捕捉一只蝈蝈。

昨天早晨又做了同样不应该做的事——扯破了一张堪称完美的蜘蛛网，放出网里的两只豆娘。

那是一对小情侣，在稻禾间飞着的时候，撞进了蜘蛛网里。我正好走进稻田，看见它们落网的瞬间。蜘蛛网剧烈地颤动着，豆娘惊慌失措，在网里拼命挣扎，在一边蹲守的蜘蛛迅速爬到它们身边。

蜘蛛一直是不怎么讨人类喜欢的，但你又不得不佩服它们的敏捷与从容，它们在做出反应时没有丝毫迟疑，每一步都干净利落，如同经过训练的特工。

蜘蛛爬到其中一只豆娘身边，从腹尾扯出新鲜的丝液，将豆娘的翅膀牢牢粘在网上，接着又爬到另一只豆娘身边，同样扯出丝液，缚住豆娘的翅膀。这个过程不过三五秒钟。

两只豆娘完全失去了挣扎的余地，蜘蛛趴在它们中间，似在欣赏自己的捕获物，又似在考虑先吃哪一只豆娘。就在蜘蛛准备享用它的美餐时，我伸出了手。

我的手刚一触到蛛网，蜘蛛就以无与伦比的速度逃走了。对不起，让你白忙乎了一早上，接下来还要挨饿。我在心里对蜘蛛抱歉道。

我知道自己不应该插手昆虫界的事，又无法做一个冷静的旁观者，从这一幕对大自然来说很正常的场景面前走过去。看着喜欢的豆娘落入蛛网中，难以挣脱逃生，仿佛那落网的就是自己，不施以援救是怎么也做不到的，尽管这对蜘蛛很不公平。

两只豆娘并没有因我的援救而恢复行动的自由。我将它们捉出蜘蛛网，放在一株稻禾的叶子上，它们紧紧地抱住叶子，尝试着撑开翅膀，却无论如何也撑不开——蛛丝将它们薄薄的翅膀黏在了一起。我无法替它们除掉蛛丝，稍一用力，就有可能扯断它们的翅膀。

即使我越界行使了如同上帝的权力，也不能救它们。从它们落入蜘蛛网的那一刻，已注定难逃此劫。

两只豆娘中有一只生命力显得更强一点，在稻禾上移动身体，爬行着，有一刻，竟然把身子倒立过来，将尾部朝向另一只，忽而伸直，忽而卷曲。这显然是求爱的信号。即使失去飞的自由，即使死亡逼近，这只豆娘仍有着强烈的生殖愿望。

也许正是死亡的逼近，使它的生殖愿望更为强烈吧。

打开相机，给活着却不能再飞的两只豆娘拍摄。从镜头里看过去，无论哪个角度，它们都像是站在世界末日的枝头，细足紧紧地抓住叶子——那支撑着它们身体的、薄薄的叶子。

5

午后下了一场雨，持续二十多天的高温总算降下来一些。

这二十多天里几乎没下雨，在乡下老家，父亲每天起早摸黑给菜地浇水，苋菜、葫芦、辣椒、丝瓜、茄子、冬瓜……一轮浇下来得两个小时。

我和父亲之间隔着四十里路。父亲在乡下菜地浇水的时候，我在离新居很近的稻田里拍摄昆虫，主要是拍摄豆娘，也拍了蜘蛛、蜻蜓、蜉蝣和其他一些夏日常见的昆虫。

第一天拍摄豆娘是不期而遇，之后的十多天就是有意识地去拍摄了，拍摄地点固定在十字畈村口的稻田，五点半出门，拍到七点，有时稍晚一点。

每天做同样的事，即使是喜欢的事，也会厌倦，开始几天的新鲜感降下去了，再去做时就有点迟疑。

已经拍了十天了，还要去那个地方拍吗？

去吧，只有去拍才会有新的发现和收获。

换个地方吧，总在那一处拍，不好玩了。

那里的豆娘多，去别处拍不到，还把时间耽误了。

每天拍摄相同的东西，会不会有点傻？会错过别的更有意思的事吧？

这世上有意思的事太多了，错过是必然，而要想把一件事持续地做下去，是需要一点傻气的。

……

拍了十天后，再出门时，总要跟自己来一通类似这样的对话。

结果还是去了老地方，每次拍摄回来也果然有新的发现和收获。

总是去十字畈的村口拍摄还有一个原因：只有那里能拍到红豆娘。

在豆娘的族群里，数红豆娘最为上镜，尤其这个时节，有大片青色稻禾做它的背景。只是红豆娘并不像其他颜色的豆娘那么常见，要想看到它们很不容易。

稻田里比较常见的豆娘是青色和绿色，这是生存环境赋予它们的保护色，使它们不那么显眼。为什么有一些豆娘会拒绝保护色呢？那通体赤红的豆娘，究竟是受什么蛊惑，让自己那么醒目，成为族群中的异类？

这问题恐怕只有生物学家才能解答。

豆娘大多是杂色的，有的豆娘身上会有三种、四种或更多种的颜色。而红豆娘身上很少有别的颜色，这也是它不同于别的豆娘的地方。

拍了几个早晨之后，算是摸到了一些窍门，要想把豆娘拍得好看，得等粉红色的太阳光照到它们，而拍摄的角度最好是逆光，这样才能拍出它们翅膀上那一层迷人的色泽。

拍摄豆娘也不能过多地走动，得像是守株待兔那样，蹲在一个固定的地方，把一只或一对豆娘拍到最满意的程度，再去拍别的豆娘。

很想在这个夏天拍齐各种颜色的豆娘，拍下它们单独的和成双成对的样子。这并不容易做到，比如红豆娘，原本就难拍到，想拍到它们双双对对出场的镜头，就更难了。

两天前的早晨却出现了一件说起来有些灵异的事，当时我

夏

已准备离开稻田，忽然看见一只红豆娘，低飞在太阳光里，它身后不远处，一只青豆娘也在飞着。头脑中闪过一个念头：等一会儿再走吧，说不定它们会成为一对。之后我又开始拍露珠和稻禾。过了半分钟，再去看之前的红豆娘，发现它和那只青豆娘已经是小情侣了。

简直有些不敢相信，仿佛是我的意念促使它们成为一对，又仿佛它们知道我的愿望，愿意成全我的愿望。

在离它们很近的地方蹲下来，开始拍摄，而它们也一直保持着安静的姿态，任我寻找最佳的光线和角度拍下它们，毫不躲避，甚至还转过头静静地看着我。在那一刻，我真切地感觉到，我和它们之间心意相通，感觉到自己被它们信任，得到它们的接纳。

豆娘是夏的精灵，到了秋天，天气转凉之后，它们会像其他昆虫一样，渐渐销声匿迹。直到下一个夏天到来，才能与之重逢。

现在已是夏天最后的时刻，很快就要立秋了。秋凉到来之前，我仍会带着相机，在每天的清晨去寻找它们。但愿我的相机能更多地记录下它们的影像，但愿它们在这一个盛夏的美能更多地留下来。

我的邻居胡蜂

大暑后的一天傍晚，和嫂子沿着浦溪河散步，经过浦园大道时，见路边灌木上挂着一只鸟巢。此时夕阳已在山外，四周光线暗淡，虽看不清楚，还是觉得那鸟巢很不一般。

脚步很自然地移过去，还没走两步就被嫂子一把拽回：别过去，是马蜂巢。

站定了再看，确实是马蜂巢。幸亏没有走到跟前去，若是惊动了蜂群可不是好玩的。

马蜂巢碰不得，在山里看到马蜂巢千万要绕着走——小时候就被大人这么警告过。不过马蜂巢这东西并不像鸟巢那样随处可见，这么多年，在野外行走，也只见到过两三回，且是在很高的、落尽了叶子的树梢，土黄色的球形，硕大，孤独，颓败，如同废弃的城堡——蜂群早已迁往别处越冬，留在树上的，是一阵大风就会使之坠地的空巢。

前年也见过有马蜂驻守的蜂巢，在小区入口的门楼中间，像枚炸弹垂悬着。那几天从门楼下经过，脖子会下意识地紧缩，头皮发麻，又有种冒险的刺激感。

几天后的清晨，见地上有零星碎泥和乳白色蜂卵，抬头看，炸弹样的蜂巢不见了，估计是被消防队趁着夜黑风高给端了。心里舒了一口气，又有隐隐的愧疚，那些马蜂并没有袭击人类，只因人类感到生活空间遭受威胁而将它们驱逐，甚至歼灭。对于和人类同样有在地球上生存的权利的马蜂来说，这是一件很残酷的事吧。但愿它们下次筑巢时，远离人的居所，互不干扰，彼此相安。

这灌木上的马蜂巢和之前看见的不一样，形状像柚子，色泽又像刚出土的彩陶。我决定接下来的几天继续观察这只马蜂巢。

马蜂就是胡蜂，作家苇岸曾在他的日记里写过此君。苇岸称胡蜂为邻居，因为胡蜂的巢就筑在苇岸书房的窗外，“六月上旬的一天，我在书房意外地发现了它们……它们的工程刚刚开始，巢还很小，尚未成形，安静的工地上仅有三两个建设者”。

为了不打扰胡蜂的生活，苇岸将这扇窗子封住，不再打开。封闭了窗户就阻隔了空气的对流，人在闷葫芦般的室内，漫长夏季的燠热可想而知。

苇岸每日隔着窗玻璃观察胡蜂的生活，“我的邻居的工程，正有条不紊地进行，坐在书房里，每天我都感受到他们带来的新鲜的原野气息。他们的巢在渐渐扩大，工地上的建设者不断增加”。

苇岸像一个充满好奇的孩子，又像一个悲悯的上帝，隔空观看着胡蜂这一生灵在它们世界里的劳作生息。在苇岸看来，这不止是一种昆虫的秘密生活，而是与人类平等的生灵在宇宙间的生活，苇岸以他视为“微不足道的牺牲”维护着胡蜂族群的繁衍，在苇岸那里，胡蜂获得了生命应当获得的尊重。

第二天，我在知了的晨唱中醒来，半小时后提着相机出门。

小暑与大暑完成节气的交接后，每日均是高温，六点钟，室外的阳光已开始炽热，稻田里绿焰灼灼，一个月前随处可见的白鹭现在很难看到了，可能是隐身在比它们还高的稻禾间乘凉。

马路的行道树下，清洁工在扫着落叶，夏日最盛之时，也是秋日即将来临的时候，地面那些打着焦黄卷儿的叶子，就是早秋的信使。

从小区走到浦园大道只需七八分钟，目光在昨晚见到蜂巢的位置搜寻，很快就找到目标——饱满的柚子形，棕褐与乳白相间的旋涡纹，拙朴中藏着精巧，且与周围的环境相融。不由得惊叹那些胡蜂，没有经过任何专业学院的进修，仅凭本能就懂得住宅美学，将居所修筑得可以与建筑设计师的作品媲美。

法布尔在《昆虫记》中曾用一章的篇幅书写胡蜂的筑巢过程，赞叹其在住宅选址、材料采集、工程实施上具有的高强本领。胡蜂选择的场地在人们常走的山间小路或附近的马路上，这些地方要坚硬、干燥一些。它把收集到的粉尘用唾液浸湿，拌成灰泥浆。

除了粉尘，胡蜂也会将枯死的树皮咬下，混入唾液，搅拌成黏稠的“混凝土”，有时也会采集废弃的纸壳，咬碎成泥糊状。使用这些材料建筑的蜂巢轻巧又坚固，且有较好的防水效果。

蜂巢建筑的初始阶段通常只有蜂王独自劳作，蜂王边筑巢边产卵，同时还要捕猎其他的昆虫，储存在蜂巢里——那是给幼虫宝宝预备的食物。

胡蜂从卵到羽化为成虫需要半个月的时间。和蝴蝶、蝉、蜻蜓一样，胡蜂也是完全变态发育的昆虫，有卵、幼虫、蛹、成虫四个生命阶段。在幼虫期，由工蜂负责喂食；在蛹期，则会在六边形的穴口封上一层薄茧，停止进食，闭关自守，直到羽化为成虫才破茧而出，之后就迅速投身到捕猎、喂食幼虫和蜂巢的建筑事业中。

我在浦园大道看见的蜂巢已经是竣工的成品房。站在距离蜂巢两米远的地方，拉开相机长焦镜头，发现蜂巢的进出口在左侧中部偏下的位置。这个位置比较避风，雨水也不会淋进去。进出口的圆孔很小（一元钱硬币的大小），圆孔上端有黑色的檐角伸出来，当镜头的焦距对准圆孔内部时，赫然看见一只胡蜂的头脸，正目不转睛地盯着我。

胡蜂是有攻击性的，当它们感觉到来者不善，就会群起而攻之，用尾部的蜂针刺蜇入侵者，注入毒液。绕道走是避免被胡蜂攻击的上策，但我此时是作为观察者来到蜂巢跟前，必须让自己以尽可能近的距离观看它们。

胡蜂的攻击不过是出于防卫。以我多年来山野行走的经验，遇到蜂类，只要保持静定状态，就不会招来袭击。有几次，在山间野地，甚至有胡蜂落在我肩上、头发上，极具威慑力的振翅声在耳边轰鸣，尽管身上的汗毛全都耸立，我仍旧闭着眼睛，在心里对自己催眠：放松，不要动，我是一根树桩，我是一根树桩……

第三次拜访蜂巢是在两天后的下午。准确地说是去探望，怀着“不知道蜂巢怎么样了”的担心。因为之前突然刮起狂风，降下一场雷暴雨。

暴雨降落前我正好午睡醒来，窗外烈日当空，隐隐听到雷声，怀疑是自己的幻觉，进厨房，倒一杯茶，刚把茶杯放至嘴边，就听到惊悚炸裂的霹雳声。

走到阳台，外面已切换成暴风骤雨的场景，那些树木——香樟、玉兰、鹅掌楸和红叶李树——在风里仰伏摇摆的样子，像剧烈的挣扎，也像狂喜的舞蹈。

红叶李树距离阳台最近，风把树枝压得很低，来回推搡，当它们大幅度下弯，弯到极限时，又会有另一股风的力量将树枝托举起来，推向相反的方向。

红叶李树的叶子在雨水里有两种颜色——正面红褐，背面墨绿。风不停地掀动树叶时，两种颜色就交替翻转。雨水击打在树叶上，每一片叶子都在颤抖，也在发光。

这是入伏后的第一场雷暴雨，酷热的地面像一个渴极了的人，狂饮着雨水。水汽蒸腾上来，混合着青草和泥土的味道。忽然想起浦园大道的蜂巢，在这来势凶猛的暴雨中会遭到损坏吗？待雨停歇之后，抓一顶帽子盖在头上，拿起相机出门。

夏天的雷雨来得迅疾，走得也快，像一出短剧，很快掀起高潮，很快又落幕。在电闪雷鸣最激烈时，怀疑这就是末日了，而雷雨撤退后，世界很快又恢复了之前的秩序，似乎什么也没有发生。只有地面凌乱的落叶、来不及撤退的水流和山间升腾起来的云雾，证明刚才确实有过一场风暴。

很快就走到浦园大道，马路上有很深的积水。绕过积水，走了一个来回，没有看到那只蜂巢，怎么回事，是我记错了位置？或者是蜂巢已被人清除——从我第一次看见这蜂巢就有种担心，觉得它很可能会被除去，尽管它的位置在绿化带的灌木上，可还是不够隐蔽。

站在人的安全角度，这只蜂巢所处的位置确实是一种威胁。要么写个牌子放在这里——此处有蜂巢，请勿靠近。啊，不行，那就等于出卖了胡蜂的居所。

你只是一个自然事物的观察者，不要有立场，也不要干扰被观察者的生活，哪怕出于善意——我在心里告诫着自己，打消了竖牌告知的念头。

放慢脚步，又走了一个来回，总算看见了那只蜂巢，原来它就在路面有积水的地方，先前被我绕开了。

蜂巢外壳果然有多处破损，像在地上摔过，摔得开裂，很多破洞。好在它仍旧悬挂在灌木上，没有坠地。这要归功于蜂巢建设者，在筑巢时，有意放进几根灌木细枝，钢筋一样撑住蜂巢。

有七八只胡蜂在蜂巢破损的外壳上爬行，相互碰碰头，仿佛彼此安慰，或在商量着什么。蜂巢进出口的位置，不时有胡蜂爬出，嗖地飞向远处。暴雨过去了，生活仍在继续，要继续捕猎、喂养和修补居所的日常工作。

胡蜂修复破损的蜂巢用了两天时间。两天之后，蜂巢完好如初，丝毫看不出破损的痕迹。

蜂巢上仍有胡蜂在来回爬动，像是巡查，也像在自家的院子里散步。不知道胡蜂是否有惊慌失措的时刻——当暴雨从天而降，箭矢一样射向蜂巢，躲在里面的胡蜂是否感到恐惧？

想起小时候，跟随母亲生活在她任教的偏僻山村，每逢雷暴雨天气，借住的旧瓦屋就会四处漏雨，时常在半夜睡得迷迷糊糊时被母亲推醒：快起来，雨漏到床上了。

伸手拉床边的灯绳，怎么也拉不亮，才知道是断电了，在闪电瞬间的光亮里母亲找到鞋子，下床把被子卷起来，拿过脸盆放在漏雨的地方。

雨落在脸盆里，发出乒乒乓乓的声音，像一个坏脾气的人在摔打着什么。母亲仍在搬移物件，刚把衣服、被子挪到一个角落，雨水又从那角落的瓦檐里漏下来。霹雳从低空碾压过去，整个屋子都在晃动。虽看不见母亲脸上的表情，从母亲趺趺撞撞的身影里，还是能感受到她处于崩溃边缘的恐惧无助——我们已经不能留在这屋子里了，但我们无处可去。

母亲的前半生似乎一直为暴雨所困——她童年的居所就是在暴雨之夜被洪水冲塌的。多年以后，当母亲终于住上父亲修筑的房屋之后，仍然畏惧雷暴雨的天气，睡不着觉，总觉得屋子里有漏雨的声音，催父亲起床查看。她心里的屋顶在早些年已经坍塌了，即使住在不漏雨的房屋里，也不能让她感到安全。

在没有安全感的母亲身边长大的孩子，注定也是没有安全感的，很容易就陷入孤绝之境，在人群中也是无所适从。好在我后来用书籍为自己筑起一间小小的居所，感到恐慌不安时，就迅速躲进去。

万物都需要有各自的居所。对人来说，居所不仅是遮风避雨的地方，也是安放精神的地方，一个让自己的精神有归属感的居所可能更为重要。

阅读与写作就是我为精神建筑的居所，或者说是我为自己编织的茧。茧的封闭性让我与周遭隔离，也让我感受到独守一隅的安宁。当我在茧中长久消失，也是在静默中缓慢地生长、蜕变。

当我从自己的居所里走出来，行走在湖边、山间，或一条草木葱郁的道路时，就如同一只从茧中飞出来的昆虫。奇妙的是，在野外行走，哪怕一个人在山间迷了路，也不会恐慌。在大自然中，我感受到的是性灵回归山林的自在，也感受到一个婴儿面对母亲全然的信任，全然的敞开与接纳。

八月的第五天，早晨有雾，走在路上，蓦然感觉到一丝秋意。想到盛夏即将过去，对之前的酷热竟然有些留恋。

知了也感觉到季节微妙的变化，晨唱的时间推迟了一个小时，韵律也有了改变，加入有节奏感的唱词：乌吉耀丝，乌吉耀丝。电线上停着珠颈斑鸠，咕咕地叫着。斑鸠的叫声很奇妙，明明就在近处，听着却觉得悠远，仿佛那声音来自一片幽秘的森林。

路边的鸭跖草——就是德富芦花称之为露草的植物——零星开着花。今年还没拍过这“在大地上使蓝天复苏”的碧色花朵，它就要谢幕了。夏天就是这样，稍不经意，就错过了一种植物的花期。

路边还有一种名叫商陆的植物，果子在这个时节也很好看，微缩的南瓜形，绿色和酱紫色。果子落下后，大红色的花托更好看，更像是花朵。其实商陆的花朵是淡白色的，精细得如同牙雕。

商陆的名字很有意思，像人的名号。像人名号的植物还有杜英，办公室窗外就有一树，一个月前还在开花，一簇簇细碎的黄花，雨后，地上就落下一层，像黄色的毛毡。现在花朵已落尽了。

这些植物的名字，有时我会记得，有时又忘记，怎么想也想不起来，卡在嗓子眼。明明很熟悉啊，怎么就想不起来了，真是不甘心。换了一天，再看到，又突然想起来了，心里很高兴，仿佛想起一个童年伙伴的名字。

走到胡蜂蜂巢的位置，拿相机拍了一张，转身走开。这几天，早晚散步时会来打一转，看看蜂巢在不在。看到它在就行了，就不再紧盯着看了。长久的窥探，对胡蜂的安静生活也是一种打扰。

苇岸在他的散文里说胡蜂十月底会飞离巢穴，整个冬天都见不到它们的身影，不知道它们去了哪里。其实胡蜂是去了更为隐蔽的地方，在干燥避风的墙缝或树洞里，抱成一团，不吃不喝，以减少生命的消耗度过寒冷的冬天。

现在还是八月，离胡蜂弃巢而去的冬日还有一个季节。夏日曲终，秋日歌始，在浦溪河边，我和胡蜂还拥有一个季节，做彼此秘密的互不干扰的邻居。

在河边相遇

在河边相遇

有好多天没听到蝉鸣了。进入九月后接连落雨，虫声稀疏起来，蝉鸣也像被一只手抽走，消失于四野。

蝉鸣就是漫长夏日的烟花，当烟花燃尽时，安静下来的世界似乎也失去了一种光芒。

耗尽燃料的蝉从树枝纷纷落下。不过仍有一种蝉——刚羽化不久的寒蝉留在树上，等待着天气变晴。天一晴，属于它们的世界就会在长吟短唱里重新返回。

我也在等待天晴。这几天一直惦记着那群斑嘴鸭，想再看到它们浮游河面的样子，用镜头捕捉它们悠闲的姿态。

是八月末的早晨与斑嘴鸭不期而遇的，地点在浦溪大桥，这里河域宽阔，有深水区，也有芳草浅滩，河面云影流动，两岸少有行人，是涉禽和游禽钟爱的栖息地。

最常见的是白鹭，每次来都能见到，当我站定，举起相机，其中一只就会拍翅飞起，另几只紧随其后，向上游飞去。

举起的相机总是落空，倒并不觉得遗憾，只要能看见白鹭在这里就好。这条河流原本就是它们的家园，我的到来是一种入侵——对它们宁静生活的打扰。

来的次数多了，发现了一个秘诀，只要我远远地站着，不举起相机，就不会惊扰白鹭，它们自顾自地在浅水区捕食，在河边漫步、静立，神态安闲，有着天然的隐士气度。

白鹭捕食的时候很有意思，一改平常慢悠悠的样子，变得活泼，甚至有些滑稽，翅膀展开，在水里跳跃，拍打得水花四溅，看起来像在跳一种欢快的田间舞。任何动物，包括人，在面对美食的时候，都会露出本真又可爱的一面吧。

在这里也见到过池鹭、黑水鸡、褐河乌、小鸊鷉。小鸊鷉善于潜水，看到有人过来就一个猛子扎下去，半分钟后，才见它重新浮出水面。

入秋后的黄昏，在这里会听到一种潜鸟的叫声——很可能就是小鸊鷉的鸣叫：嚯嚯嚯——嚯嚯嚯——似一位少年歌者在重复练习颤音的发声法。这声音拉长了黄昏的时光，静立河边，看暮色潜入河面如同温柔的乡愁。

遇见斑嘴鸭完全是意外，或者说是上天赐予的惊喜。当它们——有七八只的样子——静静地泊于河面，我以为是附近村落游来的家鸭。

以前在河里看见的家鸭大多是白色，像这样麻褐色的也有，

又有些不同，羽色没有这么鲜亮。我打开相机，从长焦镜头里观看它们——墨色的鼻子，鼻尖嫩黄，翅膀上有一抹绿，翅尖又是白色的……忽然，安静的河面晃动起来，其中一只拍动翅膀，凌空而起，身边的伙伴也迅速跟随，拍翅离开河面，向高处飞去。

当斑嘴鸭从河面飞起的一刻，我脑子里浮现出《迁徙的鸟》中主题曲的旋律。雅克·贝汉和雅克·克鲁奥德拍摄于二十一世纪初的这部纪录片我看了又看，主题曲烂熟于心，那些画面也都深深地刻在脑子里。真幸运啊，能在自己生活的河边见到纪录片中的场景，仿佛实现了一个久远又念念不忘的梦。

这群斑嘴鸭很可能是浦溪河的过客，迁徙时路过这里，做短暂的休憩。

不知道它们会在这里停留多久，也不知道它们要去往哪里。秋天才刚开始，它们也是刚刚踏上迁徙的路途吧。

第二天，冒着细雨再次走到浦溪大桥，怀着忐忑的希望，把目光投向河面——河面空空，连之前常见的白鹭也不见了。

也许是下雨的缘故，野外的小动物、小昆虫都会躲起来，就连随处可见的麻雀也没有了影子。谁会那么傻呀，下雨天又冷又湿，还在外面游荡。

下雨天也不是上路的日子，那些斑嘴鸭应该还没有离开这里。

雨断断续续下了一周，总算是停了。多日不见的阳光撕开云层，从裂隙里涌下，世界又恢复了生气。

拿起相机，起身离开居所。我要走进光里，走到田间与河边，走到那亮晃晃的地方去，让照着稻穗的阳光也照着我，让平凡与神奇的野花铺满我生命的河流。

斑嘴鸭的栖息地

白露节气的傍晚，在浦溪河再次看见斑嘴鸭。

太阳已经落山，河里光线有些昏暗。若不是心里挂念着，留意寻找，很难发现它们。

先看到河心游着的两只，一前一后，向左游一会儿，掉过头，又向右游一会儿。在我举起相机对准它们时，其中一只斑嘴鸭飞起来，落在对岸有灌木和石头的地方，这才看见石头上蹲卧着它的同类。

数了一下，有八只，应该还是上次看见的那一家子。

斑嘴鸭蹲在石头上就是石头的样子——大石头上垒着的小石头，椭圆形，头埋在翅膀里，一动不动，估计在打瞌睡。

飞过去的斑嘴鸭引起一阵微小的骚动，很快又安静下来。水面的另一只仍旧慢悠悠地游着，没有跟着飞走。和白鹭比起来，斑嘴鸭对危险信号的反应要淡然得多。正因为此，它们的祖先才会被人类成功驯养，成为家鸭吧。

这一家子或许并不是迁徙途中在此打尖的客人。听村里人说浦溪河上游就有野鸭家族，长年留驻。这一家子或许就是它们的亲戚。

想到斑嘴鸭很可能是这里的常住居民，心里甚是欢喜，这样就多了几个可以常来看望的朋友了。

对这条发源于黄山北海的河流来说，那些潜鸟和水禽才是

地道的原住民，它们在这里定居的时间，比这座有一千多年历史记载的小城更久远。不知道小城有没有关于这条河流原始生态的记录，曾经有多少鸟类和植物在此生息繁衍？它们后来的去向如何？命运如何？

几年前因写作的需要，去档案馆查询过这方面的资料，没有找到。就想，不如用自己的写作来弥补这个缺失吧。这个想法似乎有点不知天高地厚。再说现在来做这样的事，也有些晚了，过去有过的那些，很多都消失了，再也看不到了。不过，如果因此放弃做这件事，那么后代子孙对河流先前的生态仍旧一无所知，以为这条河生来就是现在的样子。

这是个变化过于迅疾的时代，别说是一千年，有时十年八年，一个地方的面目也会完全变样，若不及时记录、留存，那些存在过的，就只能进入时间的废墟，成为浮尘。

浦溪河近十多年的变化，就可以用沧海桑田来形容。

我居所进门的鞋柜上有一张照片，是二〇〇二年在浦溪河滩里拍的，我身穿牛仔服，坐在裸露于湿地的大树根上，手里握着刚采下来的野菊，背景是一片枫杨林。那是我第一次来这片河滩，如今回想起来，仍记得当时心里的喜悦，我太喜欢这片河滩里那种人迹罕至的原始感，洪水冲刷出来大片滩涂，滩涂上的芦荻恣意汪洋，在秋天的阳光下又苍茫又温暖。

这条河里有很多黄蜡石，早先这里的居民并不觉得石头有多珍贵，拿它修桥铺路，也拿它打地基筑房子。不知道从哪年开始，黄蜡石的身价呼啦一下被抬高，居住在小城与河流两岸的人纷纷来拾捡、采挖，将采得的石头堆在自家院子里，堆成石头山，待价而沽。

一条失去石头的河流，也就失去了重心，变得浑浊、浮躁不安。浦溪河本质的变化，似乎就是从那时候开始的。

三年前我搬到浦溪河边居住时，这条河也开始了改头换面的治理。如今即使我拿着照片，也找不到当年在河滩里拍照的地方了，找不到那片枫杨林，也找不到那些充满原始感的树根和白茫茫的芦荻。这使我对这张照片倍加珍惜。

有一阵子，我不知道该用什么样的感情对待这条河。我更喜欢十多年前第一次见到的浦溪河。现在的浦溪河，经过整容之后变得年轻了、现代了，却也陌生了。要重新爱上这陌生的浦溪河还需要一个过程、一段时间（而斑嘴鸭的发现，缩短了重新爱上这条河的时间）。

斑嘴鸭和鹭鸶是彼此能友好相处的近邻。这是我在白露那天傍晚的发现。

当一只鹭鸶飞进斑嘴鸭的栖息地，在它们中间漫步、捕食时，斑嘴鸭没有群起攻之，而是温和地将头转向鹭鸶，露出一副“来吧来吧，没关系”的表情。

那天傍晚还发现了一种尚不知名的雀类，在夕晖映照的河边成群地飞起飞落，呼叫，在浅水滩嬉戏，翅膀相互碰撞，拍打出一片碎金流银的水花。

河流带来世界

连着几天没在浦溪河看见斑嘴鸭就会不安，担心它们被捕获。这种担心使我对放网捕鱼的人警惕起来，眼睛盯着他，将手里的相机对准他，似乎这样就能把他赶走。

捕鱼人对我的目光全不在意，穿着连体防水服，提着网，在河里跨步走着，把河水踩得哗哗响，嘴里还大声唱着歌。置身河流让捕鱼人忘记自己的年龄，肢体也变得灵活起来。快乐是有感染性的，尤其是孩子气的快乐，如果不是担心斑嘴鸭，捕鱼人这么快乐的样子应该也会感染到我。但是此刻，我对他的旁若无人很气恼。他分明就是在挑衅。

河水已经齐腰深了，暮色里的捕鱼人低头弓背，身影酷似水怪。他通常是在天黑前放网，天亮时收网。谁知道那网里除了鱼还有些什么。或许捕鱼只是个幌子吧。

这疑窦让我心里涌进一团团云翳，没有办法消除，就只有拉长相机镜头，在河面搜索，希望能看见斑嘴鸭一家。

我没有看见斑嘴鸭，倒是看到另一种涉禽——黑水鸡。

对黑水鸡我并不陌生，以前住在太平湖边就看到过，它们在池塘里贴着水面追逐，翻身扑腾，很激烈的样子，不知道是在打斗还是在热恋。春天在秧田里也看到过，从碧青的秧田里钻出，田埂上叫两声，东张西望，很快又钻进秧田。黑水鸡周身羽毛青黑，只在两肋露出一线白，醒目的是额甲和嘴喙，鲜红欲滴，喙尖又是明黄色，像戴着一种特制的口罩。黑水鸡的脚很长，一看就知道它善于在沼地行走。当它进入水中浮游时，长脚就不见了，尾部上翘，颈部呈 S 形，完全是游禽的模样。

黑水鸡的体形比斑嘴鸭小一半，多数时候隐身在草汀里，如果不是拿相机当望远镜在河面搜索，很难看见它们。

是在一道河坝上游看见黑水鸡的，那里水域宽阔，水流平缓，几丛蒲苇草如绿色小洲错落河间。两只黑水鸡——应该是一对夫妇——正在营巢，游向一丛蒲苇，用尖长的嘴喙将苇叶扯断，衔着，再游回属于自己的营地——相距不远的另一丛蒲苇。

黑水鸡衔来的苇叶已经枯黄，这样不用费多大力气就能扯断。水面漂来的浮草当然也不能错过，赶紧衔起，送回营地。整个早晨，两口子就这么来回穿梭地运送着草叶，将蒲苇丛中间的巢高高垒起，河水淹不上来，它们就可以安然地在巢里生蛋孵蛋了。

将镜头对准那些蒲苇丛，仔细看，发现每一丛蒲苇中间都有垒起的草巢，吊脚楼一样。这个发现让我心里一阵欢喜，仿佛无意间窥见了了不起的秘密。

蒲苇丛间三三两两游着十几只小鸊鷉，其中一只见我把相机镜头对准它，咚的一声潜入水下，水面随之荡开涟漪。小鸊鷉的警觉会相互传递，另外几只也跟着纷纷潜入水下，很快又从另一边浮出来，见我还在，又潜下去，又浮出来，像一群调皮的孩子在玩躲猫猫的游戏。

小鸊鷉是天生的潜水员，黑水鸡也是天生的潜水员，出壳后就能下水潜泳，这也是它们自我保护的本能，用来躲避从天空俯冲下来的猛禽利爪。

对黑水鸡秘密生活的发现，使我那被云翳笼罩的心又明亮起来。

早晨的时间过得很快，河面已有日光的倒影，该去上班了，收起相机准备离开时，空中传来熟悉的鸣叫，抬头看，一群酷

似大雁的飞禽正在河流上空盘旋，站定，等它们落下，相继落入河中，才明白过来——它们正是我寻找数日的斑嘴鸭。

斑嘴鸭的数量没有像我担心的那样变少，而是更多了（有二十多只）。不知道之前看见的那一家子是否在其中。我愿意相信它们就在这支壮大起来的队伍里，等待着更多的伙伴从四面飞来，集结，等待着秋天最后一声号角吹响，沿着祖先迁徙的路线，向着更温暖的地方启程。

端起相机，对着河里的斑嘴鸭按下快门。在离斑嘴鸭不远的地方，捕鱼人穿着连体防水服，提着湿漉漉的渔网，正从河里走上岸。不知道他是否有收获——应该是有的，就算没有捕获到鱼，也收获了快乐，或许他每日最快乐的时光，就是这一早一晚下河放网的时光吧。

居住的地方有一条河流是多么奢侈的事，如果这条河宽阔又清澈，那么一生守着这条河也不会觉得单调匮乏。河流会带来整个世界的讯息，季风流动，云起云散，还有"飞鸟相与还"的晨昏，每一天的遇见都不可预期，每一个平凡的瞬间都隐藏着奇迹，如同生命本身，不能复制，不可重来。

澄川桥下的小翠

九月末尾，桂花开了第二轮，蟹黄色的丹桂，将树枝裹得蓬松又丰腴。

天气持续晴朗，温度比之前又升高了一些。日头爬上林梢后，淡白晨雾很快散去。河面金波荡漾，空中也有金粉浮动，每一个金粉的颗粒都携着蜜囊，在阳光里弥散着发酵后的迷人气息。

走到澄川桥上时，又看见小翠面向河心，头微昂着，静立在河埠的石头上。

小翠就是翠鸟，身形很小，长时间站着，一动不动，像在侧耳倾听着什么。而当它飞起来，就变成从弓弦上射出的箭，直入对岸；要么变成石头，咚地砸进水中，不等你回神，又迅速回到岸上，嘴里衔着捕获的猎物——一条寸把长的鱼。

不记得这是第几次在澄川桥见到小翠，应该不下十次了，以至于走到桥头就想起小翠，用目光寻找它，仿佛它的使命就是守在这里，做这座桥的护法神。

澄川桥初建于清康熙年间，经历过多次洪灾损毁。最严重的洪灾是二十八年前（一九九一年），整座桥被冲塌，重修后就有了现在的石桥。

澄川桥是一座很有生活气息的桥，清晨走到这里，能听到两边河埠一片梆梆声，节奏感十足。本地人洗衣物是要用木头榔槌捶打的，桥洞有天然的扩音效果，榔槌捶打的声音被放大数倍，且有袅袅不绝的回音。

这声音迅速把人送到淳朴的乡村风情里。走上桥后，就看见围着桥墩浣洗的村民，大多是女人，也有男人，一个挨着一个，蹲不下就在一边站着等。等不及的干脆涉水走到河心，那里有露出河面的石滩，是天然的洗衣埠。

天气晴朗时，站在澄川桥中间，面向南边，能清晰地看见黄山北海诸峰，如一面青玉屏风，端然立于浦溪河上游。

西边桥头原先有棵大梧桐树，上百年了。树下总有几个老人坐着，夏天乘凉，冬天抱着烘篮晒太阳。后来梧桐树慢慢地枯萎，也不知道是什么缘故。枯萎的树最后消失了。村里老人还是在桥头坐着，仿佛那梧桐树还在，只是看不见而已。

当然，这桥头坐着的老人已不是先前在树下坐着的老人了。

澄川桥的长度不过七十多米，有意思的是，从桥这头走到桥那头，就是从一个村走到另一个村——桥东是十字畈，桥西是张家埂。

两个村子挨得这么近，近得几乎没有距离，灯火相邻，鸡犬相闻，该碰撞出多少故事来——白天的，夜晚的，很久很久以前的，此时正在发生的。有的故事可以大声说，有的只能压低声音俯在耳边说，不能让旁人听见。

要想听这些故事也很容易，只需在桥头的老人们中间坐着，或者拎着洗衣桶和榔槌，在洗衣埠蹲下来。

小翠日复一日在桥边，河西河东来回飞，若能听懂人语，那么两个村庄从古至今的故事就都装在它心里了。

不过小翠看起来对这些故事没什么兴趣，对河埠来来往往的人也不在意。小翠的脑袋总是微昂着，像是在出神，又很专注，它倾听的分明是河流内部的声音。

来河里浣洗衣物的人也不在意这只翠鸟，没有人把目光投向它。人只能看见自己关注的东西。在我拍摄鸟类之前，在河边走来走去，就从来没见到过翠鸟，不知道这条河里栖息着那么多可爱的精灵。

当我开始关注这条河的自然生态，用相机和文字记录鸟类的行踪之后，眼睛里看见的就全都是鸟了。即使到了夜晚，合

上眼睛，白日里所见的鸟仍在眼前拍着翅膀。

小翠的感觉是很灵敏的，即使背对着我，也感觉到了自己正在被一个长长的、黝黑的怪物窥视——那正是我打开的镜头。没等我对准焦距，它就嗖地飞离河埠，不见了。

小翠并没有飞远，在我走到桥西时，它已经落在河心一支苇草的尖上。沾着金粉的阳光照着苇草，也照着小翠。素常冷峻的小翠突然顽皮起来，在阳光里扑扇着翅膀，舞出一团翡翠色的漂亮光焰。

我赶紧打开相机，对准小翠按下快门。

几秒钟后，小翠又不见了。河中间的苇草空在那里，轻轻摇摆。好在我的相机已记录下刚才的一幕，使它定格，而不至于成为虚无的幻象。

每一个美妙的瞬间都不能重现，但你又总是能够遇到另一些不可预期的瞬间。这就是摄影有意思的地方，也是生活有意思的地方。

唯有自然不辜负

夏

新鲜稻茬的味道

新鲜稻茬有太阳的味道。

今早走到十字畈刚收割的稻田边，闻到这味道。

太阳本身是没有味道的。即使暑天阳光最强烈时，站在太阳底下，把脸抬起来，闭着眼睛，专注呼吸，也闻不到太阳的味道。

太阳的味道不同于花香，不是直接散发的。太阳的味道要借助别的东西，经过储存和发酵，才能弥散出来。比如吸足了阳光的棉被，成熟的稻禾，新鲜的稻茬，还有晒干的稻草。

如果要制造一款太阳味道的香水，就应该到这个时节的稻田里来提取。

也许别的地方也可以提取到太阳的味道，比如成熟的高粱

地、金色的麦田。

不只植物拥有这味道，有时候在刚成年的孩子身上也能闻到这味道。明亮的，蓬勃的。

稻谷就是太阳在大地上繁衍的孩子。每一粒稻谷都是一个微小的太阳。

当我站在刚收割的稻田边，呼吸着从稻茬上弥散的味道时，想起一个童年的伙伴。小时候我们一起捡过稻穗，在稻草堆里打过滚，滚得头发上满是碎稻草。

夏

她很喜欢稻草的味道，床上也垫着厚厚的稻草，躺上去窸窸窣窣地响。她说稻草的味道就是妈妈的味道。但她没有见过妈妈。在她出生时，妈妈就去世了。

村里人都说她长得像她妈妈，笑起来嘴角一对酒窝。

而她现在患着抑郁症，很久不会笑了。

我们大约有十年没见过面，也很少联系，只偶尔在微博上留个言。她微博最后一次更新是去年秋天，贴了一张旧照片。照片上她还是少女的样子，怀里抱着一大捆新鲜稻草，站在刚收割的稻田里，笑得灿烂。

记得拍下这张照片后，她就离开了村庄，去了他父亲工作的城市。后来就很少回来了。

拿出手机，很快找出她的微博。

想在她微博里留个言，说家乡的稻谷已经成熟了，说我今天又闻到了新鲜稻茬的味道，说我闻到这味道就想起我们的童年。

唯有自然能够治愈这个世界的孤独与创伤。我希望她能离开那个充斥着焦虑和雾霾的城市，回来看看。当她呼吸到庄稼散发的温暖又清馨的味道，身体就会变得轻盈起来，心里会重新注满阳光，如同这个季节的田野，如同我此时。

人闲桂花落

桂花的盛开有点像一夜之间的集体暴动。头天还静悄悄的，过了一晚，出门，走上街，发觉整座小城已然沦陷，花朵将浓稠的香气倾倒在空气里，要用这香气将小城浸没，密封起来。

桂花不像别的花，别的花在开花之前，还有一个孕育花苞的过程，能看见花苞鼓出，渐渐饱胀。桂花呢，说开就开了，每根枝丫都爆出细花朵，一时间熙熙攘攘。

桂花的盛开也不是毫无征兆。这征兆就藏在温度的变化里。九月初的几天，突然降温，似从盛夏一步跨进晚秋。这种时候，桂花就在秘密地酝酿香气了。

我们乡下把这种天气叫冻桂花。若没有这种突然变冷的天气，就算到了一年一度的中秋佳节，桂花也是装聋作哑，毫无动静。

几天前，也就是中秋节的早晨，想着今年还没拍过桂花，就拎了相机出门。每日上班经过的路边有棵老桂花树，树形优美，花朵也密集。走到那里，发现树下已铺了一层落花。

还是来晚了一步。

一树桂花，从盛开到落下，不过十天时间。

十天是长还是短呢？在深刻的眷恋中，十天不过转瞬。若

被痛苦纠缠，十天就是漫长的世纪了。

在树下坐了片刻，打开了相机。事实上，凋落的桂花比在树枝上看起来更有情致，更适合摄影创作。

当你想要拍摄什么的时候，重要的不是拍出它原本的样子，而是要拍摄出它在你心里的样子。你看见的风景，拍摄的事物，写下的文字，都经过了你的内心选择——这算是我的小小心得吧。

有时候，拍摄的图片比写下的文字更能表达内心的感受，这种时候，就会觉得文字的无力和局限。而作为写作者，如果只是拍下图片，不去书写，还是不能对自己有所交代。是的，如今我的写作就是为了对自己有交代。可以不发表，也不必让更多人来阅读、欣赏。只要我写下的能获得内心的认可，就能在流逝的时光里获得安宁。

这种心态对写作者来说是一种释放。有这种心态，写作的过程才能让我感受到愉悦，是享受而不是厌倦。

这世上，我喜欢做的事已少之又少。正是这少之又少的事，成为活下去的理由。如果把这也变成了厌倦之事，也就生无可恋了。

人来世上一遭，在最后时刻到来前，谁也不知道终点在哪里，不知道一生有多长。无论一生长或者短，我都要它是属于我自己的人生，清楚自己想要的是什么，能够放弃和不能放弃的是什么。

比起漫长又煎熬的“世纪”，我更想要那活着的日子都和喜欢的事物在一起的“转瞬”。正是出于这个原因，我会每天让自己走到野外，走到那沉浸于自然气息的世界，去观察、拍摄，倾听和感受，再把这些用文字记录下来。

在拍摄落桂的时候，不小心碰到花树，一阵密集的噗噗声，地上的落花又厚了一层。

人闲桂花落。

索性坐下，听花朵落地的声音。那催果实成熟的秋日从树隙溜下来，满地斑斓。香气更浓郁了，寂静生命的燃烧，倾其所有的释放。

夏

粉籽花，晚饭花

中秋节刚过，屋后人家就把场院里的粉籽花割掉了。

割断的花枝堆在一起，有半人高，好多未开的花苞在枝头上——没有机会再开了。心里有些不平：还没到枯萎的时候，为什么要急着把花割掉？

粉籽花就是晚饭花。

之前写过晚饭花，也写过紫茉莉。其实本地人习惯叫它粉籽花。

如果植物也有名片，并且要把所有名字都印上去，那得用超大号的名片纸。因为每种植物都有一长串的名字。它的种子被飞鸟带到陌生的地方，在那里落土、发芽、生长、繁衍，与当地的植物打成一片后，居住在那里的人就会凭着对植物的印象，给它取一个名字。

取名字就是对它的认可。植物有了名字，也就真正融入了当地人的生活，与人相伴，在季节中轮回，一岁一枯荣。

粉籽花的花期够长的，能从夏初开到秋末。到傍晚，屋顶的炊烟刚升起来，花就开了，一只只袖珍的小喇叭，多为紫红色，也有白色、黄色或两色相杂的。

小时候还真拿它当喇叭吹过，摘一朵花，抽去花蕊，将细细的花颈含在唇间，抿着嘴，吹。吹了几次，不出声，吐掉，换一朵，再吹，直到吹出声响。

有孩子自作主张，干脆叫它小喇叭花，嘴里含着花儿，手里拿着树枝，一边赶着牛回家，一边吹，吹着吹着，太阳下山了，西山顶上的金星亮了。

女孩子喜欢粉籽花，更多是因为它的香气——新娘子身上才有的香，让人想把鼻子凑到跟前，使劲嗅使劲嗅的水粉香。

粉籽花这个名字的来历，就是因为这粉嘟嘟的香气吧。在过去，女孩子也真用它当香粉用——那黑色球形种子，就是小小的粉盒，打开一粒，里面装满了细粉，用指尖将粉挖出，放在手心，匀开，扑在脸颊上，脸就白了，又白又光滑。

《红楼梦》里，宝二爷曾用植物为姐妹们制过胭脂，不知他可用到这粉籽花的种子——应该是用过的，因为粉籽花众多的名字里面，就有一个叫“胭脂花”。

知道粉籽花也叫晚饭花，是读了汪曾祺小说之后的事。

汪曾祺有篇小说，就叫《晚饭花》，很短，不到两千字。小说是以一个少年的视角写的，少年叫李小龙，和宝二爷为姐妹们调脂弄粉时的年龄差不多，或许还要小一些，对异性已经有了模糊的爱慕，但这爱慕和成年人的爱又不一样，不掺杂欲望，没有企图，只是一种说不清道不明的倾心。

李小龙倾心的姑娘叫王玉英。李小龙在学校读书，放学回家时是要经过王玉英家门口的，经过她家门口时就会暗暗地看她，把她当一幅很美的画来看。

这真是一幅很美的画，画里有天井一样的狭长院落，正面是一堵山墙，“正面的山墙脚下密密地长了一排晚饭花。王玉英就坐在这个狭长的天井里，坐在晚饭花前面做针线”。

在李小龙的心里，这画面里有一种贞静的美，又神秘又寂寞，又有一种浓烈。这浓烈被寂寞包裹着，想要挣脱、冲破——就像花朵的香气想要冲破院墙。

“晚饭花开得很旺盛，它们使劲地往外开，发疯一样，喊叫着，把自己开在傍晚的空气里。浓绿的，多得不得了的绿叶子；殷红的，胭脂一样的，多得不得了的红花；非常热闹，但又很凄清。没有一点声音，在浓绿浓绿的叶子和乱乱纷纷的红花之前，坐着一个王玉英。”

汪曾祺写晚饭花，其实是写少年李小龙内心里的情绪，也是写王玉英内心里的情绪。一种想要去爱，渴望爱，又不知如何去爱的情绪。

这篇不足两千字的小说，所写的，就是歌德在《少年维特之烦恼》里说的那句话：哪个少年不钟情？哪个少女不怀春？

王玉英没多久就嫁人了，所嫁的那个人似乎是她喜欢的。但是李小龙并不喜欢那个人，觉得那个人配不上王玉英，觉得她不该出嫁，“很气愤”。在少年李小龙的心里，王玉英就应该是画里的人，始终和花朵坐在一起，被花朵的香气拥簇着，

而不是被一个污浊男人占有。

《红楼梦》里，宝二爷对姐妹们的心愿也是这样的，不愿意她们出嫁，觉得女孩子都是宝珠，一旦成为人妇，就失去灵气，变成死鱼眼珠子了。

王玉英出嫁之后，晚饭花还在开着。但是这画面再也吸引不了李小龙了，没有王玉英，晚饭花开在哪里，又有什么意思呢？只是教人难过。

夏

“这世界上再也没有原来的王玉英了。”小说的最后一句这样写着。让人惆怅，又无可奈何。

《晚饭花》里的李小龙就是汪曾祺，这是汪老后来承认的。

汪老说他小时候和李小龙一样，喜欢随处流连，东张西望，对美有着发乎天性的敏感，把美的人与事物当作画来看着，喜爱着，内心柔软而充实。

对晚饭花，汪老说他并不怎么欣赏，因为这种花实在平凡，没有值得歌颂的品德，甚至是低贱的——集市上没有人卖它，公园里没有人种它，诗人不会为它写诗，画家也不画它。它还有许多明显的缺点：没有姿态，枝叶太多，白天的颜色只是一个浓绿，到傍晚开出花来才让人感到它是花，花形不美，只不过还算好玩，花开得也太多，多到细碎，毫不懂得掩饰其村俗乡野之气。

汪老说此花的低贱之处还在于它太好养，“随便丢几粒种籽到土里，它就会赫然地长出了一大丛。结了籽，落进土中，第二年就会长出更大的几丛，只要有一点空地，全给你占得满满的，一点也不客气。它不怕旱，不怕涝，不用浇水，不用施肥，不得病，也没见它生过虫。这算是什么花呢？然而不是花又是什么呢？”

汪老几乎是有些刻薄地将晚饭花贬了一大通，仿佛真的很瞧不上这种毫无花姿、简直不像花的植物。但他在写小说时，又将少年爱慕的姑娘和晚饭花放在同一个画面里，让这花从头开到尾，成为小说的背景。

不仅如此，汪老还将自己的小说集命名为《晚饭花集》，他说：“我的小说和晚饭花无相似处，但其无足珍贵则同。”

无足珍贵，与其说这是汪老对自己作品的评价，不如说是自谦。

看到这里，才知道他之前对晚饭花的那一通贬低也是一种自谦，就像一个父亲，称自己的孩子为犬子，讲起孩子来也是这不够好那不如人——不过是谦虚罢了，听的人当不得真。

初读汪老小说时，并不知道晚饭花就是粉籽花，到百度里去查，才明白是同一种植物，并且是我自小就熟悉的花。

如今，除了在乡下，很难看到粉籽花了吧。就像汪老说的，公园里没有人种它，就算在乡下，也没有人特意去种——我屋后人家场院里的粉籽花就是自己长出来的，那小地雷样黑黑的种子滚落一地，到了第二年春天，就会发出芽来，呼啦啦长出一大片。

粉籽花通常长在乡间人家的门口、窗下、前后院子里。夏天，晚间乘凉时，人们将凉床抬出来，放到花丛中间。夏天蚊蠓多，乡间蚊蠓尤其多，成群地飞在低空，无论如何驱赶，也避免不了被它们袭击。坐在粉籽花丛中就好多了，粉籽花的香气对蚊蠓来说就是毒药，是能够致命的。

真是一物降一物。粉籽花开在夏天的夜晚，或许就是造物主有意的安排。这宇宙间，一切的存在——哪怕是微不足道的存在，都是造物主巧妙安排的结果。每一种生命都有其亲朋，有其天敌，也有其守护者。

有一件事是我想不明白的。花朵开放，释放香气，是为了展示它们的魅力，引来蜜蜂和蝴蝶采花蜜，为之传授花粉。但是那些选择在夜晚开放的花儿，在黑暗中，不就像锦衣夜行的人嘛，再怎么美，又有谁能够看得见？这个时候，忙碌了整个白天的蝴蝶和蜜蜂也都收了翅膀，休息了，有谁会追随香气而来？

自然界的秘密太丰富了，每一种植物和动物的生活都有其奥秘，要了解它们，真不是一件简单的事。大自然，或者说生命的趣味也就在这里，白天黑夜，每时每刻，都有神奇的事在发生，一朵花是一个奇迹，一粒种子是一个奇迹。

流花的河

秋分日，刮在田野上空的风已有了兵气。

清晨六点半至浦溪河，见河面水雾凝聚，团团簇簇。节气这东西真是奇妙，一日之隔，自然界的物象就有了明显变化。

半个月没下雨，河水退下不少，河中间的浅滩上，野花汀草茂密，成为潜鸟的隐身地和繁衍后代的乐园。

生在河滩的野花我认得，是蓼草花，早些年在散文里就写过，称之为辣蓼——以为只有我们本地方言这样称呼，后来才知它在《本草纲目》里也是这个名字。

不是所有的蓼草都叫辣蓼。辣蓼只是蓼草的一种。走到它们中间，仔细看就会发现，同是蓼草，仅从颜色上就能分出五六款来，粉红、紫红、朱红、粉白、青白，还有几种颜色相杂的。

要分清植物的名字是很麻烦的事，能把人弄得晕头转向。我可不想在这上面钻牛角尖。对于蓼草，我有自己的区分法——生在田间的就叫田蓼，生在河滩的就叫水蓼，朱红的叫红蓼，白色的叫白蓼，采下来时在指尖留下辛辣味的叫辣蓼，留下辛香味的叫香蓼。

小时候，夏末秋初会采辣蓼来驱蚊虫，挑那些老的粗壮的，齐根割下。将采来的辣蓼晒上一个日头，捆成一小把一小把，天黑之前，点一把放在脚边，让烟淡淡地飘着，蚊虫就不敢近身了。辣蓼散发的野生气息微微呛人，又有股子爽朗劲儿，闻到这味道就会想到"泼辣"这个词，想到疾风知劲草的秋日旷野。

小时候对于植物的认识是物质的，要么吃，要么用。对它们审美性的感受是成年后的事，准确地说，是开始写作自然笔记之后的事。

自然笔记的写作，促使我对原先熟悉的事物重新去认识、审视，像一个从远方回来的人，重新辨认眼前的一草一木，去闻，去听，去触摸。当一个人用写作的方式，再一次认识和感受这个世界，就是从这个世界，从一草一木之中，甚至是从一株被阳光照得金灿的狗尾巴草里，重新让自己诞生。

夏

蓼草花对我来说就是秋季的象征。整个秋天，我都是用蓼草花来插瓶，放在书架前和茶几上。起先是从田边采来满天星状的田蓼，之后采的是垂穗状红蓼，再后来就是辣蓼、香蓼，或将几种颜色的蓼草混合在一起，让它们在一只旧陶瓶里团聚。

蓼草的花期很长，从稻禾扬花开到稻禾成熟、收割，直到霜降时仍在开。此时田野里几乎看不到别的草花了，要么结了籽，要么被带着兵刃气息的风吹得金黄、干枯，伏在地上，等待泥土的吸收。

蓼草是群居植物。当它还是草时，你看不到它；当它开花时，就见出气势了，一开一大片。由此也可见它们的生命力，是强韧到带有侵略性的，这也是野草的共性。

河滩里的水蓼也是聚集生长，毫不客气地占满整片汀渚。

一条开满水蓼花的河就是流花的河了。当带着水晶质感的秋阳照在河心，将水蓼的倒影投在水面时，很容易就想起《红楼梦》里的“蓼汀花溆”四个字。美妙的是，从这蓼汀里时不时会飞出白鹭、斑嘴鸭，或游出秧鸡、黑水鸭，或者在你路过时，从蓼汀深处传来让人心里莫名发愁，然而又很温暖的呼唤，仿佛那是一个从前的伙伴在叫着你的名字，你回头寻找，却看不见那人。

迁徙季的河流

迁徙季的燕子

到了寒露就是候鸟的迁徙季，夜半醒来，能听到从楼顶掠过的声声鸟鸣——启程时的相互催促、召唤，也有凄婉的告别之音。

即使看不见也知道，浦溪河的白鹭和斑嘴鸭，此刻就在这迁徙的队伍中。

燕子迁徙得更早，乡下老家的燕巢九月底就空了。巢里的两只燕子是今年的新燕，懵懵懂懂的，外面的燕子头天就飞走了，次日它俩才醒悟过来，绕着堂前转了两圈，从门里冲出去。

母亲跟我念叨这事时，就像念叨小时候的我和哥哥：这两个傻瓜，也不知道能不能赶上飞在前头的燕子。

老家屋梁上的燕巢挂在那里已有几年。起初母亲不准燕子

秋

进家筑巢，用竹竿驱赶它们，把大门关着，不让它们飞进来。母亲有洁癖，燕巢在家，地上总见它们制造的粪便，进门出门，不小心就落一坨秽物在身上。

可燕子认定了我家，赶也赶不走，瞅着空子就衔了泥巴飞进来，很快在堂前屋梁上圈下地基。燕子这么执着，母亲只好屈服，又实在气恼不过，转身责怪父亲，说是父亲故意开门放燕子进屋。

父亲装作没听见，从杂物间搬出人字梯，架在屋梁下，又拿出工具箱，爬上梯子，在燕巢的屋基下钉进两根长铁钉，搭上一块大硬纸壳，再用绳子绑结实。燕子很聪明，领会了我爸的意思，乖乖地把泥巢筑在硬纸壳上面，这样粪便就落不下来了。

隔一段时间，父亲会给燕巢换一块干净的硬纸壳，也真是不嫌麻烦。

母亲这下没什么可抱怨的了，对燕子的生活渐渐有了兴趣，得空就坐在院子里，看它们飞进飞出，没多久就能认出哪只燕子是我家的，哪只燕子是外面的。

周末回家，母亲会把她窥探到的“燕子新闻”播报给我：燕子抱蛋了——雏燕出壳了——雏燕长出翅膀试飞了……有次母亲说到长大的新燕将老燕赶出巢——老燕一飞进来，两只新燕就冲过去，用翅膀死劲撞老燕，不让老燕进屋。

怎么这样？我问。

新燕长大，燕巢就挤了。母亲说。

那老燕怎么办？

老燕就在外面屋檐下重新筑巢。

新燕真够自私的。

燕子就是这样，一代一代都是这样，老的总要把地方腾出来让给小的。

母亲说这话的时候语气很平和，没有是非的偏见与区分。我喜欢这个时刻的母亲，忍不住想要上前搂抱她。要知道我的母亲并不经常这样，很多时候，她有过于强烈甚至是偏狭的情绪，这情绪伤害着她，也干扰着她身边的人。

母亲这么仔细地观察燕子，也是因为寂寞的缘故吧。只有寂寞的人才会留意周围那些细微的东西，会在阳光里看见尘埃的飞舞，在地面光线的移动里看见时间的秘密，从其间获得不足为外人道的乐趣。

我能感受母亲坐在老家院子里的那种孤独与寂寞，一闭眼就能看见，一伸手就能触摸。但我不能用陪伴来消除她的孤独与寂寞，只能怀着负疚心远远相望。我也是那只自私的新燕，用和老燕保持距离来维护属于我的私人空间。我太需要有属于自己的私人空间了。只有在这空间里我才能有内心的自洽，有呼吸的自由。

燕子迁徙的目的地是哪里？它们靠什么分辨方向？离开时它们会有眷恋吗？当第二年春天重新回到原来的屋梁，看见屋子里等待它们的主人，会有重返家园的喜悦吗？——这些都是我不知道的，我也不想通过百度来了解燕子的生活。我更愿意保留这种不知道的神秘感，用自己的观察和想象慢慢靠近。

十天前的清晨，在浦溪河拍到迁徙途中的燕子，有上百只，在河面低空飞舞，扑向水中，又快速飞起，翅膀尖在河面撩起漂亮的水花。

这些燕子里有我家的那两只新燕吗？当然有——当我这么想的时候，我家的燕子就在其中了。就像有时我走在村子里，看见一个老人孤单地坐在门口，心里会一动，想到母亲，那个时刻，在老人身上就看见了我的母亲。

一棵会开鹭鸶花的树

母亲说燕子迁徙的前两天会聚到一起，村头村尾来回地飞，之后落在我家屋外的电线上，叽喳个没完，像是开会。

母亲说这话的时候我刚好站在院子里，抬头看那些电线，纵横交错如同一张庞大的蛛网。它们是在商量什么时候出发的事吧，我说。燕子也有它们的语言，只不过我们听不懂而已。

浦溪河的斑嘴鸭在迁徙前也是这样，从四面聚集过来，在河流上空反复练习队形，随着启程之日的临近，阵容越发有气势，像一支将要接受检阅的部队。

自九月初第一次在浦溪河见到斑嘴鸭，这段时间我频频来河边寻找它们的身影，没有看见会不安，看见了会喜悦。到后来，即使看不见也不那么担心了，我知道它们还在这里，是安全的，数量之多也早已出乎我的意料。

到了九月下旬，鹭鸶的数量也在猛增，经常会出现这样的一幕，当斑嘴鸭的方阵刚从头顶飞过，随后就飞过来鹭鸶的方阵，飞向远处的山间，或者落在树上。

一棵树落满鹭鸶，远远看去就像即将盛开的玉兰花苞。第

一次看到这情景时，我又喜悦又疑惑：怎么回事，玉兰树在秋天也开花吗？

走过去，距离那棵树一百多米的时候总算是看清了——是鹭鸶。众多的鹭鸶扮成花朵站在树上，静悄悄，安然不动，就像一件田园风的现代装饰艺术品。

那是一棵泡桐树，这个时节正是泡桐果的成熟季，每根树枝都举着金黄的果实，一簇一簇向着天空。泡桐的叶子宽大如手帕，已经落了很多，没有落的还是湖绿色，将鹭鸶衬托得素洁典雅。

有条小路通往那棵树，路上长满了辣蓼和狗尾巴草，地上还有牛的粪便。几天前的傍晚在这里看见过黄牛，专注地吃着草，有意思的是，每头牛的背上都站着鹭鸶，有头牛背上还站了两只，牛走动时，鹭鸶就摇晃着，努力让身体保持平衡，而不是飞开。

猫着腰，从小路走进去，尽量不发出声音，越靠近泡桐树越是紧张，担心鹭鸶们发现了我。距离泡桐树五十米时，听到鹭鸶警觉的鸣叫，还是被它们发现了，一只跟着一只飞起。

赶紧举起早已打开的相机，对准焦距，连按快门。

再次看见这幕场景是十月第一天的清晨，还是那棵泡桐树，立在树枝上的鹭鸶比之前看见的更多，挤满整棵树，空中还有鹭鸶在飞，想落到树上来，找不到落脚处，只好继续飞着。

这些鹭鸶为什么只选择落在泡桐树上？是为了吃泡桐果吗？它们在树上十分安静，仿佛空中有什么声音吸引了它们，将它们催眠。

清晨的温度有点凉，天上又有云层，鹭鸶看起来有些瑟缩。

等太阳从云层里挣出，鹭鸶和那棵泡桐树瞬间发起光来。

知道鹭鸶为什么选择落在这棵树上了——要有阳光，这棵树就在阳光之下，四面都是空旷的田野，没有什么能遮挡这棵树。这是一棵孤立于旷野的树，树的孤独也使它成为这片旷野的王，在这棵树上栖息是安全的，也是优美的——想想看，旷野里只有这一棵树，树上落满雪白的鹭鸶，从任何一个角度看都有种自然又优雅的美，没有什么能破坏这美的意境。

那些从别处飞来，想落在这棵树上的鹭鸶也是被美吸引，想成为美的一部分吗？鹭鸶真的能够感受到这种令人出神的意境，就像我此刻一样？或许这些都不过是我的意识代入。鹭鸶之所以喜欢聚集于此，只是因为这里有它们感到亲切安宁的气味吧——田野草木的气味、牛粪的气味，还因为这里有好风好日，可以轻抚它们的羽毛，给它们经历了一夜寒冷的身体以充足的热能。

遇见即是告别

有半个月没有在浦溪河见到斑嘴鸭了，河面冷清起来，仿佛提前进入冬天寂寥的况味。

现在可以确定，九月里见到的那些斑嘴鸭是旅鸟，迁徙途中经过此地，被这里的山川河流吸引而停留，盘桓一月有余。

其实它们可以留下来过冬的，这里的冬天并不冷，河里有鱼，山间有草。这里冬天也有青草生长，只不过没有别的季节丰富。

然而斑嘴鸭的体内已经埋下了一只时钟，那是它们的祖先植入的，一到季节这时钟就会敲响，催促它们沿着既定的路线出发，而它们也总是能隔着悠长的时空听到这钟声。

鹭鸶也已在时钟的催促下踏上迁徙之路，差不多和斑嘴鸭同时启程。最后一次拍摄到它们群体出没是在寒露前两天，之后就只在夜里听到它们掠过楼顶的鸣叫，再后来，夜里的鸣叫也听不到了。

鹭鸶并没有全部离开，清晨走在河边，还是能看见鹭鸶的身影，在河里捕食，或凝神倾听风里的声音，孤单又安然自在的样子，显然是要留在这里过冬的。

大约一周前，竟然有几千只鹭鸶停栖在浦溪河上游，将河边的树林覆盖得白皑皑，似夜里忽降一场大雪，真是令人惊异。隔了一天，大雪样的鹭鸶就消失了。这些鹭鸶也是途经此地的旅鸟，只是停留的时间太短，让人来不及欢喜，甚至来不及从惊异中回过神来就不见了。

当你看见美时，美正消逝。正因为此，美在人心里激起欢喜之时，也让人更深刻地感受到忧伤。

不过岁月会让一切都变得平和起来。总有一天，你会只感到宁静的欢喜。因你终将懂得：美即无常，而遇见即是告别。这种懂得是岁月赐给你的礼物，也是掠夺之后的一种仁慈。

值得感恩的是，我的生命里一直都有这样的无常之美。春夏秋冬，每个季节的每一天，总有一个时刻，会让我与美不期而遇，哪怕只是瞬间而过，也足以在心里擦出亮光来。

与美的时常相遇，可能与我的生活习性和关注的事物有关。

多年来我习惯于关注自然里的事物，即使走在人行道里，目光仍然是落在路边的行道树和草地上，被一只蝴蝶吸引，或被树上的蝉鸣攫去听觉，至于身边来去的行人，很少去看，经常会有这样的事，迎面而来的人喊我名字，向我微笑着打招呼，而我毫无反应、径直走过去了。

当然，我所认为的美在别人看来可能微不足道，甚至是可笑的。美只对能够感受到它的人存在。而每个人对美的感受又是千差万别。必须得承认，我对美的感受也是狭隘的，如井底之蛙对井上之天的感受。

在自然中感受的美已经足以滋养我了。对自然事物的关注也是一张滤网，它帮我滤去了生活里其他的噪音。如今我似乎拥有了这样一种本能，能在街道中间听到一枚树叶落地的声音，能在纷纷落叶的树下听见若有若无的蛩吟。

很快就是秋天的最后一个节气——霜降。近几日清晨已有了薄霜，太阳一出，薄霜就变成了晶莹细密的露珠，缀满秋草。田间辣蓼一边老去，一边开着花。正午，草地上也还有趁着秋日温暖忙着恋爱的蝴蝶。桂花也没有停歇下来，第二轮花期过后不久，又开出第三轮。

不知道是否还会有第四轮桂花开，应该还会有，记得去年写过一首《迟桂花》的诗，是在霜降之后写的。彼时天空的月亮已经有了刀刃的寒意，桂花的香气在月下闪着光，迎面而来，无法躲闪。

夏

你好，梭罗

你好，梭罗，突然想给你写信。

很久没有读你的书了。你的书我买了很多，有你写的那些，也有别人写你的那些，说实话，真正读完的并不多，有些书买来几年至今还没有翻开过，但这并不影响我心灵上对你的亲近。

我知道你不会因此失望，为我不再读你的书。因你最重要的书我已读过，像一棵树那样长在我身体里。

既然不再读了，为什么还要买？看见了就要买——你的书，仅是《瓦尔登湖》我就有四五种版本。告诉你吧，我有一个怪癖，中意的东西会多买一份，以防遗失。书也如此，经常会重复买同一本书，有时是有意，有时是忘记自己买过（没有读的缘故）。我会把以前在湖边读过的、钟爱的书又买回来。还记得梅·萨藤吗？她的《独居日记》《过去的痛》，后来我买了新的版本。

但我没有再像以前那样去读她，没有读的渴望了。我只是需要梅·萨藤的书在我的目光所及之处，以静默的方式陪伴我。买你的书也是如此，摆放在居所里一进门就能看到的地方。对我来说它们就如同你的化身。

这几天我一直想给一个远方的朋友写信，当我有这个念头的时候，想到的皆是一些古人和逝去的人，比如陶潜、王维，比如德富芦花、约翰·巴勒斯、普里什文。对我来说，给你们中间的任何一个人写都可以，没有分别，没有时间和空间的界限。就像夜晚的星空，你不能说哪颗星是某某年某某国的。星辰属于宇宙和长久凝视它们的人。对我来说，你们就是那样的存在——在我的小宇宙里各自发光，彼此照耀，也照耀着我。

事实上这些年我的写作都是在写信，写给你们，也写给自己。“醒来，读书，给自己写信，在湖边漫步，草青草黄。”——这是我写在微博简介的话，有十多年了。最近我把这句话略作了改动，改了一个字，把湖改成河。因为现在，我清晨和傍晚漫步的地方是在河边。这条河过去叫婆溪河，现在叫浦溪河。

等等，趁着还没有把话题扯远，得先说出是什么驱使我写这封信。一个人想给另一个人写信，肯定是有想讲的话，有时写信的人绕来绕去，到最后说再见时，还没有说出那句话，似乎那句话已经变得不重要，或者根本就忘记了想说的是什么。

写这封信其实是想和你分享一个秘密的幸福。你知道，幸福这东西，独自一人是很难消化的，需要有人来分享。而分享这件事又并非人人皆可。如果不是同类，不能与你精神相通，那么分享就会让双方陷入尴尬和莫名的孤独。

我知道你曾有过这样的孤独时刻。后来你不再寻求分享的愉悦，而是把你在瓦尔登湖感受的种种记录下来，写进书里。让书在时间里漫游，让想体验的人自己去时间里打捞。而你自此沉默。

在我的心里你就是同类，即使你不认可也没办法，因为你已经把自己变成一本书，只供阅读，不能开口辩驳。别人怎么读你或者没有读而假装读你，你都没有办法。就像我，我用我的方式去读你，想象你，不管那是不是真正的你，你都毫无办法。

直到现在我还没有说出那件使我感到幸福，而忍不住要与你分享的事。忽然就不知道怎么说了，在对你说了这么多煞有介事的话之后，我把那句其实很简单的话给弄得不知道怎么说了，怎么说都显得突兀。

好吧，要么我还是用问句来说：不知道你在瓦尔登湖是否也感受过这种幸福，那种整夜舍不得入睡，听着候鸟从头顶夜空鸣叫着飞过去，如同火车由远至近、又渐渐远去的略带惆怅的幸福？

你看，是不是太突兀了，我给你写信，不是说什么了不起的事，而是说我在河边居所里听到的候鸟夜鸣。如果这封信真的能到你手里，会被你哂笑吗？真是没见过世面，候鸟迁徙的夜鸣也能让你沉不住气，要写信告诉别人，真是矫情。

我当然知道你不会这样，一个能在湖边远离村庄的小屋里独自生活两年的人，一定能理解我的感受。而且我知道你也曾留意过候鸟的迁徙，在落叶满天的秋日里，时常在湖边一待就是几个小时，观看野鸭怎样机灵地在波浪中出没。你觉得那些候鸟之所以选择栖息在瓦尔登湖，是和你一样，喜爱这片湖光山色的幽僻宁静。

我的这种聆听已经持续了四个夜晚，从霜降节气后的第二天到昨天，耳边不停掠过候鸟的鸣叫，一波过去，一波涌来。我关掉了室内会发出声音的电器，手机调到静音，窗户打开，只把窗帘拉着，为了更清晰地听见。

这已是今年的第二次候鸟夜鸣。第一次是半个多月前，也是连续鸣叫了四五个夜晚，声音却没有这一次的密集，音量也小得多。这一次的音量调高了几度，伴随着结队而过振翅的气流声，此呼彼应。在这样的声音里你会有一种幻觉，觉得自己也是它们中间的一员，和它们一起穿越河流与森林。

也有落了单的鸟鸣，声音焦急又惊恐，噢、噢、噢，从屋顶飞过去，我闭着眼睛，仿佛看见它奋力追赶的样子。很奇妙吧，仅凭耳朵里听见的声音就能看见天空的飞鸟，并成为它们——你是否也有过这样的体验。事实上不止如此，如果我白天在河边看到候鸟飞翔，夜晚就会再次看到，只需闭上眼睛就会看到，比白天看见的更为壮观。

整个秋天我就被这样秘不可言的幸福充满，内心涌动着平静的喜悦。往年的这个时节，也曾听到过候鸟迁徙的夜鸣，那时候感受到的并不是幸福，而是歌词里“雁叫声声心欲碎”的暗伤，是古诗词里“雁过也，正伤心，却是旧时相识”的悲凉。我不知道是什么发生了微妙的变化，同样的声音，听在耳朵里却有如此不一样的感受，是因为在心里我已经接受并喜爱现在的生活，也接受并能坦然面对自己的缘故吧。

说起来我现在的日常和以前在湖边并没有什么不同。工作之外的时间多是与自己独处，生活简单，每日亲近大自然中的事物，观察和记录它们。只是那时候我做这些并不完全出于内心的喜悦，而是想借由这些泅渡那时常陷入黑洞中的自己。包括对书籍的阅读，也是如此，当我陷入精神的迷雾时，就会求助于阅读，你和梅·萨藤的书都曾救助过我。

现在我已经很少用整天整晚的时间去读一本书了。相比书籍，我更愿意走到河流边、山中、田间地头，去阅读大自然里活生生的事物，去观看草木、昆虫和鸟类的秘密生活。对如今的我来说这样的阅读更有趣味，是我愿意沉迷其间的。

“伟大的自然之书就摆放在你的面前，你需要做的只是翻动书页而已。”约翰·巴勒斯也曾这样说过。

好了，时间不早了，这封信就写到这里吧，我原本只想告诉你候鸟的迁徙与夜鸣的事，一时刹不住车，写了这么多。

对了，你知道夜晚从我头顶飞过的候鸟有哪些吗？你一定想不到的，除了大雁、鹭鸶，居然还有白鹤。

昨天清早，晨雾还未散去，我在浦溪河边看见了白鹤迁徙的阵容，有三十多只，那鸣叫声正是夜晚听到的，很高的音量，伴随着结队而过振翅的气流声，此呼彼应。

我站在河堤上，仰头看着鹤群飞过经霜后转成深红的乌桕树林，飞到村庄上空，接着飞到西边的山里去了。我不知道它们从哪里来，最后的目的地是哪里，也不知道在这个早晨有多少人和我一样看见这迷人的一幕，恍如梦境。

间草木知 · 山间竹笋 · 与鸟同居 · 暮春养蝶记 ·

春

流淌石头的河谷

冬

等待一场雨

入冬后，浦溪河进入枯水期。

其实两个月前，浦溪河就开始进入枯水期了。

皖南是亚热带季风气候，春夏两季多雨，秋冬两季雨量较少。只是近年来，大自然的性情变得不可捉摸，无章可循，去年整个冬天全在雨水里泡着。

这种反常早几年就露出端倪，下雨的日子太频繁了，一年四季如同在雨廊穿行，好在隔一段路程，会漏下几个晴朗的日子，让被雨水憋闷到抑郁的人长舒一口气。鸟雀们也赶紧从藏身的角落飞出，去太阳地里亮开嗓门，呼朋引伴。

但是很快，雨又落下来了，落得忘记了季节的边界线，忘记了大地上的生灵在入冬后多么需要阳光的慰藉。

我原本是喜欢下雨天的，喜欢雨声带来的静寂和悠闲。而去年那么漫长湿冷的冬雨，终于将我对雨天的喜爱透支。

开春后雨总算歇下来，久违的阳光让生机重返大地。母亲坐在院子里，将患有风湿骨痛症的腿脚伸进太阳地，眉头却不见舒展，嘴里嘀咕着：久雨必有久旱，今年怕不是个好年成。

母亲让父亲今年少种点菜，天天早晚浇水抗旱，吃不消的。父亲对母亲的话不以为然，仍旧按时令播种，把十几畦菜地种满。母亲见父亲不听她的话，就让我去劝阻：你爸从来都把我的话当耳旁风，还是你跟他说吧。

我相信这世间万物遵循着能量守恒的定律，对久雨必有久旱这句话也是相信的。而母亲之所以说出这句话则是凭着她大半生从一次次灾难中总结的经验。从童年到少年到青年，母亲一直陷在物质和精神的双重危机中，直到中年以后，她的日子才算安稳下来，这时候疾病又开始缠住她——事实上这些疾病很早就埋伏在她身体里，只不过到中年才露出狰狞的面孔。

早些年母亲还能帮着父亲种菜，这两年连菜地也不能去，走路对她已不再是轻易的事，也是她年轻时走了太多的路——在偏远的村落里教书，出门就是翻山越岭，几十年下来，腿脚所受的压力早就超负荷了。

我将母亲的话传给父亲：少种一点吧，就当锻炼身体，种多了会变成劳累和负担，再说你俩也吃不了那么多菜。

种地不累人，每天来菜地拔拔草浇浇水，看着菜一天天长大心里也舒坦。

父亲的回答让我无法辩驳。

好吧，只要父亲觉得种菜能给他带来愉悦，那就种吧。就像我写作，也是如此，和父亲在菜地里的劳作一样，是为了获取内心的安宁和满足，如果长时间不写，会觉得心里长满荒草，变得不安且烦躁。

干旱的天气是从九月开始的，起初十天倒不觉得什么，以为很快就会下雨。黄山周边受地方小气候影响，很少有超过十天的晴日。可过去半个月，还是没有下雨，天傻乎乎地晴着，不厌其烦地晴着。

每次打电话回家，父亲都在菜地浇水，果真应了母亲的话——得天天浇水抗旱。有几次，城里倒是下雨了，雨不大，却也有久旱逢甘霖的喜悦，赶紧拨父亲的电话，问家里可有下雨，父亲说没有，家里一滴雨也没有，河都干了。

后来才知道，城里的那几场雨皆是人工所降。

三十天过去，四十天过去，五十天过去，老天还是没有认认真真下一场透雨的意思，这时乡下已经开始定时供水，只在每天晚上七点放闸供应自来水，两个小时后关闸。

村里很多人家的菜地早抛荒了，往年碧青的油菜地也大片大片地荒着——吃用的水都那么紧张，哪有水浇地。父亲的菜地还剩着一点萝卜和蓬蒿菜，不用我说，父亲也不会再往地里种什么——原本冬天也没有什么菜可种的。

干旱已延续了两个月。城里人对持久的干旱并不像持久的雨水那么厌烦。城里人如果不去乡间走走看看，甚至感觉不到这样的天气有什么不好，自来水还是和以前一样，随时拧开就有，哗哗流淌。唯一有点感觉的就是蔬菜价格贵了不少，但这也不至于让人恐慌，总归还是能够买到。

如果不是住在浦溪河边，如果我的父母不是在乡下过着和农民一样的生活，我也不觉得每天都是大晴天有什么不对头，我会喜欢这样的天气，会觉得整个冬天都这样被太阳从头到脚地晒着才好，也算是对去年冬天那么长时间见不着太阳的补偿。

但这样无止境地干旱下去，终有一天，城里的自来水龙头也会不再有响动吧。

据说明天会有再一次的人工降雨。能下雨终归是好事，但人工降雨并非自然之道，是否会加剧破坏大自然的规律呢？

当我说出自然之道这个词，自己也觉得迷惑，什么是自然之道？听凭大自然的本意就叫自然之道吗？可如果干旱遥遥无期地延续下去，这自然之道不就是绝望之道？

此刻窗外已有云层堆积，也许夜半就能听到雨声，河水将涨上来一些，我生活在河里的邻居——小鸊鷉、黑水鸡、鹭鸶、斑嘴鸭——也会为这久违的雨水而欣喜吧。

有魔力的林荫小道

十一月的第二个周末，诗人红土从合肥驾车过来。每年这个时节，红土会来皖南看秋色。有时春天油菜花季也会过来。

红土有皖南情结。我为数不多的外地朋友均有皖南情结。皖南或者说徽州在他们看来就是前世的故乡，是心里天然怀有亲切感的地方。

说起来我和红土都是有社交困难症的人，喜欢独自待着，喜欢在清静无人之地游走，最大的安全感和快乐来自大自然——一走进大自然就会自动卸下成年人的盔甲，手脚轻盈，简直要从地上飞起来。

两个并不热衷社交的人是怎么成为朋友的？好像是我们同时在新浪博客里读到对方的诗，看到对方的照片，默默欣赏、关注着对方，这样过了两年，在一次偶然的机缘中居然不期而遇。

你是丽敏？

你是红土？

不用介绍，我们一眼认出彼此。

距离第一次见面差不多已过去十年。这十年里我们几乎走遍徽州的每一条乡村公路。有些路反复走，有些村落重复去，仍然会欢喜得大呼小叫，得意忘形。

这十年里，我们反复走过的路还有一条林荫小道，如同绿色的缎带，被合肥这座城市挽在腰上。我不知道这条林荫小道叫什么名字，问红土，她也不知道，只告诉我紧靠着小道边就是合肥的环城河。

在很多个夏天的黄昏，我和红土沿着环城河在林荫小道上走着。我们头顶，众多叫不出名字的鸟雀从一棵树飞往另一棵树，殷勤地为我们领路，用好听的声音朗诵着晶莹透明的诗句。知了的声音也很密集，如同一条流动在空中的河流，使我有种错觉，以为自己仍然置身在皖南山间。

知了的鸣唱延伸了黄昏的长度。落日将余晖投在河面，缓慢流淌。我们在林荫小道上走得也很慢，呼吸着树木在盛夏的

味道，一棵树一棵树地辨认：无患子、毛白杨、枫树、银杏、栾树、重阳木、水杉、盐肤木、杜仲……红土说她很多诗歌就是在这里漫步时写的。说写不准确，因为那些诗句根本就是从树上掉落下来，像风吹落的花朵、浆果和树叶，落在她的肩上。

红土擅长写童话诗，说起话来也颇有童话感。

下过雨后来这里是最好的，每棵树都把自己的味道干干净净地摆出来，空气里有很多水泡冒啊冒，咕噜噜，咕噜噜，我就在树下站着，大口大口把味道吃下去。红土边说边比画，仿佛自己是一条鱼，在绿树浓荫里快活地游动。

林荫小道有几个出口，其中一个出口通往三孝口书店。

通常在天黑之前，我们会到书店里去。

一进书店的门，红土就真的变成了鱼，眨眼就不见了，不知游去了哪里。在转了几层楼之后，突然看见红土盘腿坐在地上，和学生模样的孩子们坐在一起，身边摆着一摞书，手里捧着一本，那专注的模样，显然是忘记了我的存在，也忘记了时间的存在。

那时候红土还没有自己的书房。这距离她居所很近、有吃有喝设施齐全的书店就充当了她的豪华书房。不上班时，红土可以一整天待在这里，一本书一本书地读下去。有一次，我在皖南的山谷游走，突然收到红土发来的图片，是我刚出版的散文集，和几位畅销作家的书排在一起。很快红土发来短信：在三孝口书店遇见你的书，悄悄拿出来摆在显眼的地方，好开心。

说真的，我还从没在书店里遇见过自己的书，那该是多么大的惊喜。

林荫小道的另一个出口通往杏花公园。

不记得杏花公园里是否有杏花，也许有，只是我们去的时候不是杏花盛开的季节。在我的感觉里，杏花公园仍旧是林荫小道的一部分，就像岛屿也是河流的一部分。

对合肥这座城市我仍然还是陌生的。事实上，在认识红土之前，我几乎没有去过合肥，这源于我的都市恐慌症，或者说，源于我对过于复杂的交通、迷宫样的街道的恐慌，担心自己会找不到方向，会迷路，尘埃一样消失在车流之间。

好在合肥有这样的林荫小道（也许有很多条），让我在其间漫步时如同在山间一样自在。这是一条有魔力的林荫小道，能把大人变成孩子，把孩子变成小鸟，把小鸟变成诗人。每一位走上小道的人都能看见河流上空的星光，每一个小道的出口都通向绿色的精神家园。

冬日山林

十一月末尾的几天，下了一场催冬雨。

也不知道有没有催冬雨的说法，应当有吧。既然有催春雨，就该有催夏雨、催秋雨和催冬雨。

和往年比起来，今年的催冬雨下得有点蹊跷，伴着电闪雷鸣。按说到了这时，雷早就应该把声势收敛，如冬眠的动物那样，蜷起身子藏到地下，到第二年的惊蛰再苏醒，钻出地面。

可今年到现在，雷还驾着它疲倦的马车，在天空游动，不知道是什么原因。

一进十二月，雨就停了，天气转晴。

冬

冬天正式到来，温度骤然降下不少。虽不喜这骤冷的天气，心里倒是踏实了些——十二月了，是该冷下来了，冬天就该有冬天的样子，就该朔风卷地，有冷霜和冰雪。

天一晴，在屋子里就坐不住，想往山上去。

此时上山，当然不是奔着“霜叶红于二月花”的秋色，这样的秋色，在半个月前已让眼睛饱餐过。此时上山，挂念的是“落叶满空山”的情景。

“落叶满空山”是唐朝诗人韦应物的诗句，我读到这句诗，却是在德富芦花的书里。

德富芦花在书里写道：“当我吟诵着‘落叶满空山’的诗句，独自在深山踽踽而行时，看到果树自行爆开，果子落到地上，耳畔仿佛听到了‘闲寂’原本的声音。”

目光停留在这行文字上，反复品味。落叶满空山，这是一句诗，也是一幅画，更是一种生命的状态与境界，有着虚实相生的禅意之美。

出门即是深山，这是在山区生活的最大好处，无须借助任何交通工具，迈开步子，走上一刻钟就置身山林了。对于生性喜爱丘山的人来说，这种便利也可算是福利——这也是我一直生活在这里，而毫无倦意的原因。

上山不久便遇见一个消瘦的妇人从灌木丛中钻出来，手里提着长柄锄头，另一只手捏着空空的麻袋，猛一抬头看见我，有些惊讶。妇人没有说话，侧身从我身边走过。她大概是这附近村子里的，来山上挖冬笋。

入冬后，山上常会遇见挖冬笋的人。

妇人很快又钻进了路边的茅草丛，看起来又不像是挖冬笋了——茅草丛里是没有冬笋的。过了片刻，她又从茅草丛里钻出来，手里的麻袋还是空空的，一无所获。

你是在挖葛？妇人返身再次经过我身边时，我问道。

是的，想挖点葛，没事的时候嚼嚼。妇人作答。

这里的葛多是多，就是不好挖。妇人像是为自己的空麻袋做解释，补上一句，接着问我：你来这里做什么？

我……去那边看看。

我举起一只手，向对面的水杉林指去。

几天前我就来过这里，那时水杉林还像大火一样燃烧着，将半边天空染得通红。现在，经过催冬雨的浇淋之后，水杉林只在树冠上留着浅浅的锈红。

微弱的、未燃尽的余焰，如同黄昏落日在天空留下的夕晖。

流淌石头的河谷

河谷在浦溪河上游，狮子峰下。

进入河谷后，我就变成了羚羊，身边的余君也变成了羚羊，身姿敏捷，善于跳跃，从一块石头跳到另一块石头，脚前掌轻轻落下，再躬身一跃，跨过溪流，落在对面的沙地上。

冬天的河谷水流清浅，在石头之间缓步徐行，遇到凹地就蓄成小小的水潭，遇到陡峭处就跌宕而下，从石壁间迸出晶亮的珠花。

河里那么多的石头，大大小小的石头，一块块地垒着，看似凌乱，却保持着默契般的平衡。每块石头都稳当得很，像是经过了一双手的安放。

谁知道呢，或许这山里的东西都经过了一双手的安放，树放在树的位置，藤放在藤的位置，草放在草的位置，就连随风而下的落叶也放在它该落的地方。只不过那双手就像风一样，有形又无形，是人眼所不能看见的。

河谷的石头多为花岗岩，和黄山的峰岩同质。很久以前，它们也曾是黄山群峰的成员，矗立云端，只有第一抹日出之光能够踏足其上。从山峰变成石头，从绝顶之上到峡谷之底，这中间究竟经历过什么？如果石头有记忆，能够开口说话，如泉水那样娓娓道来，就是一部出神入化的《山海经》了。

河谷的石头，无论大小，都有着圆弧形的触面。从峰顶到谷底的过程，以及水流年复一年的冲刷，早已磨去石头的棱角。

也有保持着棱角的，黄山玉就是。

黄山玉的另一个名字就叫黄蜡石。黄山的每一道河谷都有黄蜡石。三十年前，黄蜡石在河谷里只是普通的石头。也不知道是从哪天开始，黄蜡石突然就有了奇石的光环，身价大涨，采者趋之若鹜。

如今河谷里很难找到黄蜡石了，偶尔还是能够见到——当余君在一股很有力道的水流边蹲下，掬水而饮时发现一块，小小的，刚好握在手心，质感细腻光滑。

余君将石头举在额前，对着正午的阳光，石头温润如脂，发出蜂蜡的色泽。

真好看，我能把它带走吗？余君问。

不等我回答，余君又把石头放回河里。

进入河谷后余君一直处于兴奋中，像刚解开绳索从牢笼里放出来的麋鹿，甚是欢腾，时不时地发出惊叹，嚷嚷着要把这个那个带回城里，不过很快又改变主意：算了，也许它们并不想离开，还是让它们安安静静地待在原地吧。

你怎么知道它们的想法？我笑。

正是不知道才不能将它们带走，再说了，带回去也还是搁在角落吃灰。余君说。

也是，我家里就有几块从河里捡的石头、碎瓷片，捡回去后再也没有仔细看过。对它们一时的兴趣与热情不过是出于占有的欲望。

那就是菖蒲吧？余君指着一块巨石的石缝问。

一丛有着细长叶子的植物从石缝里探出来，碧青、葱郁，浑然不知隆冬已至。

是的，菖蒲。

余君弯下腰，用手捋着菖蒲的叶子，又将鼻子凑上去，嗅它的气味。

好闻吧？我问。

好闻，山里的味道都好闻。余君说道，贪婪地深嗅几口：真想把这山里的味道做成香水随身带着，想闻的时候就打开。

那得制出至少一百种香型，我说。山里不同季节有不同的味道，不同时令有不同的味道，黑夜和白天闻起来不一样，正午和傍晚闻起来不一样，下雨前和下雨后闻起来也不一样。

嗯，那就做一个山中岁时的香水系列，就像你的书，每个

节气有每个节气的颜色和味道。余君拍了拍她的背包，那里面装着我的《山中岁时》。

一周前见到余君时，她手里就拿着我的《山中岁时》。她说自己原本想找个深山老林独自待一段时间，又不知哪里还有这样的地方，在书店遇到我的书后按图索骥来到这里，没想到居然遇见书的作者。

那天在浦溪河边一见到你我就认出来了，你拿着相机走路的样子和书里的照片一个样，我跟在你后面走了好几分钟，心想，喊一声你的名字，如果你回头就没认错。余君说。

我笑起来：你没有认错我，我却认错了你，以为你是我高中的同学。

怪不得你跟我说好久不见，很奇怪，你笑起来的样子也像我的一个同学，说话声音也像。

说不定我们真的同学过，对了，你以前来过黄山吗？

我将在河边林子里摘的野柿子递给余君。野柿子的个头很小，味道却足，像一只储满蜜糖的小罐子。

余君说她读大学时来过这里，没有在山下停留，在南大门换乘后直接上了黄山。

黄山太美，美得让人窒息，想从峰顶跳下去。余君伸开手臂，做了一个跳的动作，然后将野柿子的薄皮剥开，塞进嘴里。

余君说得并不夸张，我也有过类似的体验。十八岁那年，学校组织春游，第一次上黄山，在排云亭的绝壁站立，鼓足勇气往下看，瞬间就被深不见底的峡谷震慑住，闭上眼睛，又忍不住睁开，耳边一个声音不停怂恿：跳下去，跳下去。

我当然并没有真的跳下去，但我深刻地感受到那种来自深渊的、诱人纵身而下的吸引力。或许正是这种带着磁场的力量，使山岩崩裂，成为坠落河谷的石头。

余君手里又剥开一只柿子，这回没有急着吃，而是数起柿子的果核：一二三四、五六七八——八枚，这么小的柿子居然这么多果核。

是的，我们本地人叫它八角柿，这山上到处都是，是鸟儿们冬天的甜点。

余君的手机响了，她看了一下号码，眉头皱起。

接完电话，余君对我说她下午就得回城，这次出来原本请了一个月的假，可公司那边出了点状况，要赶回去处理。

这果核能发芽吗？余君摊开手心问。在她的手心里躺着十几枚半月形的果核。

当然能。

那我带回去，种在花盆里。

余君把果核用纸巾包起来，放进口袋。

不知什么时候阳光已经移出河谷，两边的树林显得更为幽深。在石头上蹦跳着并不觉得冷，停下来的时候还是能感觉到风的寒意，吹得肩头凉飕飕的——毕竟是十二月了。

走出河谷，余君又忍不住回头张望。这些石头也在流淌，只是我们觉察不到，她说。

是的，石头也在河谷里流淌，那是另一种时间的流速，近于静止，也近于永恒。相比之下，我们人类的时间流淌得过于迅速、匆忙，来不及安静下来歇一歇，就到了河流的终点。

正月手札

冬

1

正月初三，早晨被微信消息的声音叫醒，打开看，是朋友发来的图片，告诉我昨夜下雪了。

这是2020年的第一场雪。很小的雪，只下在僻静的山中，我居住的小区是看不见雪的。起床，抓一把干姜片洗净，放入红糖，想想又放了几颗红枣，加两碗水煮上。

我很少感冒，这两天居然鼻塞，打喷嚏，头昏沉沉地。昨天一整天没有出门，在家喝温开水，喝热姜茶，烧艾水泡脚，泡至出汗再洗热水澡。今早鼻腔已经通了，也不再打喷嚏。还得继续喝热姜茶，烧艾水泡脚，用乡间的土法驱走体内的寒气。

喝完一碗姜茶，手机响了，是父亲打来的，说他们已经到乡下家里，嫂子一早就开车把父亲母亲送回去了。往年是在我

上班后他们再回去，今年我让他们早一点回，回去后就不要再出门。

父亲这次倒是听了我的话，也是不想给我添麻烦。只要他和母亲住在城里，我就得天天走一个小时的路，穿过小城的街道去陪他们。这样的特殊时期，出门走路也成了有风险的事。

原准备早上去父母那边，送他们上车，想想还是罢了，我没有口罩，又感冒着，还是自觉一点，不要出门。

昨天打电话给父亲，告诉他我有点感冒，不过去吃饭了。父亲说我在电话里的声音听起来闷闷的，嘱咐我吃点感冒药。我说不要紧，多喝水，过两三天就会好。

其实我更担心父亲，父亲这几天也感冒着。父亲有冠心病，这是最不能感冒的病，偏偏父亲又很容易感冒，一感冒就会加重心脏负担。

年前父亲就因为冠心病复发住进了市医院，拍胸片时医生说肺部有可疑结节影。父亲对我说，很可能是肿瘤，我心里一沉，赶紧拿着片子去问主治医生，主治医生看了片子，也说有肿瘤的可能，将结节影的部位指给我看：结节影周边有很多毛刺，这很不好。

主治医生说要马上预约胸部 CT 平扫 + 增强的检查。问我医院里有没有熟人，如果有就找一下，看能不能加个号当天下午做，因为这个时候预约很可能要排到次日，也就是周三，而我父亲周三要做动脉造影。

主治医生的提醒是好意，可我上哪儿去找熟人呢？

去 CT 预约窗口排队，果然要排到次日，并且是下午。我用哀求的语气对窗口里的女医生说：能不能排在上午，我父亲周三还要做动脉造影。

女医生说就算上午排得上也不能排，这两个检查是不能同一天做的，病人会吃不消。女医生建议我改在周四上午做CT。我犹豫了一下，说好吧。

拿着预约好的单子去住院部给主治医生看，主治医生说这不行，得先做CT，让我去预约窗口改回来，周三做CT，看了结果以后再决定做不做造影。

我又拿着单子去CT预约窗口。这时窗口已没有人排队了，女医生正在打电话，放下话筒后，听了我的一通解释和请求，接过单子，说你真是运气好，不用改到周三了，今天下午就可以做。

原来刚刚有位病号取消了当天下午的CT检查，女医生接的电话就是说这事。

女医生在预约单子上画了几笔，写下当天下午的时间，四点半，最后一个。接过单子时我的眼泪都快出来了，连声地说：“谢谢，谢谢。”

下午做CT，结果要到隔天上午才能看到。

对父亲来说，这结果就是一纸判决。

对我也是。

等待判决也是精神的极度煎熬，分分秒秒如坐针毡。当我们听到别人的不幸遭遇，哪怕是再熟悉不过的人，心里再怎么悲伤，也还是该吃吃，该睡睡，过一天也就平复了，仿佛什么也没发生。只有面临关乎自己性命的遭遇，才会有天塌下来的感觉。

这一天真的来了吗?

我平静的生活真的要终结了吗?

接下来的日子真的是一场告别吗?

人生就是漫长的告别。但我们在平静的日子里又总是忘记,再漫长的告别也是有终点的。然而此刻,我明显感到这告别的脚步正在加速。我甚至听到急促的奔跑声。我不知道自己是否做好了面对最坏结果的准备。

一夜无眠,仿佛头顶的天花板随时会压下来。

第二天,当我拿着CT结果单,在走廊上焦躁地走了两个来回,站定,匆忙看了一遍,又仔细看了一遍,再看一遍——没有看到指向黑洞的字眼,勒着胸口的恐惧之索这才得以松绑。

仿佛一个溺水者被一双手托起,我重新获得了呼吸,感到自己再一次被命运赦免。

是的,再一次。我不记得这已是第几个再一次。不知道还能有几个再一次。亲人的病痛,自己的病痛,每一次,都是生命之钟的提醒:感恩并珍惜吧,珍惜和亲人在一起的每时每刻,珍惜平静的日常生活本身。

2

正月初四,阴天,没有下雨也没有出太阳。昨天下午,住在乡间的朋友说村里在发封路通知,很多城市的公共交通因为疫情的原因也已停了。

这才几天时间，世界就变得如此陌生，不可思议。不过在这个时候，一切反常的、不可思议的，从另一个角度来看，似乎又都是正常的应激反应。

正常和反常，就像对和错，是相对的，有时容易判断，有时无法判断，有时它们是反义词，有时又是近义词，可以相互替换。

年复一年日复一日过着同样的日子，会让人觉得乏味、厌倦，会期待生活稍微偏离轨道，发生一点什么——哪怕是危险的、出格的、超出常态的（程度得是能够把握，不至于失控的），经由这种超常之事打破单调生活的沉闷，获得如同酒精或者爱情激活的能量，然后，像一个经历过秘密时空之旅的人，继续回到日复一日的单曲循环。

无论发生什么，只要能够把住舵、不失控，就只是一场生命的体验，增加的只是人生的丰富性。而如果不幸失控呢？像号称永不沉没的泰坦尼克号，不幸撞上冰川呢？就只能是毫无办法，眼看着它倾斜、断裂，成为汪洋中的沉船吗？

——等等，我怎么会写到失控和沉船这两个词？在这样的时期，这两个词最好避开，或者自动删除。在人们置身旋涡仍然不以为意的时候，需要用重词来撞击，不，是拉拽。而在人们已经陷入恐慌的孤岛时，就得用轻松的语气去说点题外话，化解压在头顶的雾障。

写到这两个词，也许是受了近期观看的影片影响。近几天闭门不出，在家做的事就是看电影，多数是重温，比如《爱在日落黄昏时》《对她说》《泰坦尼克号》和《革命之路》。也

看了几部新片，《坂本龙一：终曲》《婚姻故事》《82 年的金智英》。找片源的时候也看到韩国的灾难片《流感》，这个时候看这部电影是应景的，但我没有点开，心里有种抗拒。

我得尊重此时的内心，我的内心此刻需要的是和疫情无关的东西，我需要这东西如同屏障，暂时将我隐藏起来，让我逃遁到另一个世界。

人在遇到灾难和绝望时，有逃遁的本能，即使是精神的逃遁，譬如阅读和写作，譬如听音乐和看电影。很多年，我就是通过这些方式，逃离现实的囚笼，在逼仄的生活面前穿墙而去。

不记得第一次看《泰坦尼克号》是哪一年，又是在哪里看的。我的记性一直很差，越来越差，起初曾为此恐慌，而现在，已经习以为常，宽容地对自己说：没关系，忘记了就忘记了。

重看《泰坦尼克号》，不再为杰克和罗丝的爱情所动。就像一个老祖母那样，我看着这两个孩子，不阻拦也不鼓励，因为知道，这个时候阻拦是没有用的，而鼓励则完全没有必要。由他们去吧，由他们去，对年轻人来说爱情是无法免疫的“病毒”，必然要反复发作，反复经历。

杰克和罗丝的爱情，从一开始就注定是瞬间激情的燃烧，是可以毁灭一切的能量。即使泰坦尼克号不沉落，顺利到达目的地，即使罗丝能够逃脱那令她窒息的黄金牢笼，和杰克一起去追寻梦想中的自由之地，最终，不，应该是很快，罗丝就会发现，那自由之地并不存在，而她也完全不能进入杰克那来自不同星球的世界。爱情的火焰，很可能在下船之后就暗灭下去，不再能拯救他们彼此，也不再能给他们冲破一切、毁坏一切、建立一切的能量。他们会互相怀疑、伤害，一而再，再而三，然后各自带着伤口离开——这已是最好的结局了。而如果他们的爱情在受到致命重创后依然捆绑在一起，那么，只可能是一起沉没。

杰克和罗丝，他们的爱情就是另一艘泰坦尼克号，他们偶然在船上相遇时，无论如何也不会想到，这条号称“永不沉没的巨轮”很快就撞上了冰川。

重看《泰坦尼克号》，更觉得这部电影是一部寓言——关于爱情，关于婚姻，关于人类，也关于地球。人从出生开始，就是登上了泰坦尼克号，此后的每一个际遇，也都是一次次的登船，登船是为了开始未知之旅，为了到达充满希望的黄金彼岸，而事实上，并没有那样的黄金彼岸。

既然没有黄金彼岸，那么登船又有什么意义呢？是的，没有意义，可是如果你不登船，又怎么能置身大海，闻到海水的气味，看见海豚之舞，怎么能在无边无际中看见天空静静燃烧的火焰。

生命是由着不可知的力量被引上这艘船的，泰坦尼克号上的一日，就是人的一生。一日很短，一生也很短，但并不妨碍我们去经历、感受、品味，去爱，去恨，去逃离和追逐，去感受灵魂瞬间飞升融入万物与永恒之光的美妙。

我是在春节前两天重看这部电影的，那时，封城这个词还没有出现，新冠病毒这个词也还没有铺天盖地，网上虽有人谈论疫情，也觉得那应该是与自己无关的事。而过了两天，世界就转换到另一个持续播放灾难片的频道。

地球是一艘更大的泰坦尼克号，我们人类与鸟兽、昆虫、植物，都是船上的乘客，只不过居住的客舱不同。当风平浪静时，我们自以为是高级客舱的贵族，颐指气使。而当灾难降临时，我们才知道，无论居住在哪个客舱，都只是这艘船的一个部位，在大海上同样脆弱，不堪一击。

泰坦尼克号沉没了，但它并非注定是一艘死亡之船——如果船上的人能够和平共处，而不是相互杀戮，那么，即便撞上冰川，也会有很多生命获得拯救。

那一艘艘白色的救生小船，就是一艘艘诺亚方舟。

3

正月初五，早起大雾，预示着今天是个晴日。

早餐煮了麦片粥，敲了一只鸡蛋进去，又吃了一根香蕉。打电话给住在乡下的父母，仍旧叮嘱他们不要出门，在家待着。父亲说不出门不出门，出门也就到屋后菜地挖点青菜。

父亲问我的感冒好了没有，我说昨天就好清了。从电话里能听出父亲的精神还不错。问我妈在干什么，父亲说她还没起床。不到八点半她是不会起床的，父亲说。

提醒我妈记得吃降糖药，她总是忘记吃药的事。挂电话前又叮嘱了父亲一句。

父亲的感冒也已经好了，这让我放心不少。不过父亲仍在吃感冒药，他有药物依赖，缺少安全感的缘故。小时候我家有只抽屉专门放置药物，村里有人生病了，就到我家来讨药吃。我也偷吃过抽屉里的药，是一种带糖衣的黄色药片，衬衫纽扣大小，抓几颗，放进嘴里，将甜味吮尽再吐到手心，扔掉。这件事似乎从没被父亲发现过，可见他有多粗心，药瓶里的药片少了，他竟然不知道。

小时候，过年前父亲也总会备上一瓶酵母片。每到过年我和哥哥就会吃伤食，大年初一，天刚亮，就等不及地放开门炮，然后穿上新衣服，到亲戚家拜年，每到一家都得吃一只元宝（五香蛋），吃得肚子胀鼓鼓，嘴里发出消化不良的难闻气味。回到家，父亲就把酵母片拿出来，让我和哥哥吞下去，打几个嗝也就好了。至今仍记得酵母片的样子，麻酱色，也是衬衫纽扣大小，味道有点古怪。

那时候父母不过四十多岁，身体还很健壮，家里的药物大多是为应急准备，并非必需。而后来，在父母进入老年之后，药物对他们就成了另一种粮食，每日不可少了。

父母的老是从什么时候开始的？是从他们第一次在自己的疾病面前感到恐惧、无助时开始的吧。起初他们无论如何也不敢相信，自己会老、会病，几个回合后，终于慢慢接受了这个现实，小心地与疾病共处，每日用药片安顿疾病，以此换取身体的安宁。

和父亲通完话后打开微信，又看到新一天疫情的增长数字。昨天钟南山院士在接受新华社记者采访时说，疫情在一周或十天左右达到高峰，之后不会再有大规模增加。但愿钟院士的估测是对的。

一辆车的刹车失灵是可怕的，更可怕的是，你不知道它什么时候能够停下来。如果知道它什么时候停，停在哪里，也就

不至于无限期地恐慌和绝望下去。

很多天没有动笔，人处于失语状态。想到该写点什么的时候就深感无力，对写作这件事本身也感到厌倦。

每天有大把时间，完全属于自己的时间，没有人和事来打扰，如果是以往，我会把这些时间牢牢抓住，用来写作，把计划中的下一本书完成，把刊物的约稿整理出来。

而这些天我什么也没有做，不能真正安下心来做。甚至觉得，如果在此时做这些事情，仿佛人间一如往常什么也没有发生，是可鄙的。

我个人的生活节奏并没有发生变化，除了由于过度关注疫情而引起的焦虑，并没有特别恐慌，甚至也没有因为疫情而专门购置口罩之类的防护物品。习惯了深居简出，没有口罩并不会影响什么，不出门就是。

我也没有为自己购买储备粮。冰箱里还有年前购置的食物，足够吃十天半月，不必再多买——也不是什么都没买，在避开抢购潮之后，去了一趟小区门口的杂货店，买了一袋水果和日用品。

杂货店里冷清得很，只有我一个顾客，货架满满的，蔬菜也新鲜，即便不买，挨个儿看过去也很舒服。

前两天店里可是挤满了人，把米和油都买空了，店主说，有人一下子买了十袋米，买这么多干吗？国家还能让人没饭吃吗？买这么多回去吃不掉生虫不还是浪费！

店主戴了口罩，是家用的棉口罩，估计也是没买到医用的。我离他远一点站着，等他算好价格后扫码付款，把围巾拉起来挡住脸，露出眼睛，拎着东西低头走回家。

这十多天来出现最多的词就是隔离。对突发的传染病来说，隔离是最古老也是最有效的办法。已传染的病人要隔离治疗，未传染的人要隔离防护。

隔离就是把自己放在一个单独的空间，不与外界接触，长时间只与自己相处。对于习惯了群体生活的人，突然被要求隔离，会是怎样的感觉？会感到六神无主、百无聊赖、茫然失措吧，会感到时间特别漫长如同停滞吧。

回想起来，我似乎一直就过着隔离式的生活，住在太平湖时尤其如此。有很长一段时间，我把自己关在房间里，即使是同事也很少能看见我，这甚至导致了我的语言障碍——当我走出房间，发现开口说话变成艰难的事。

写作最大的好处就是，你可以心安理得地过这种隔离式生活，即使你并没有写作，而是一个人在房间里看电影、听音乐、读书或做别的什么事。你可以理直气壮地从人群里消失，关掉手机，切断与外界的联系。除非你自己愿意现身，否则没有人能找到你。

隔离式生活让我很少受到周围环境的影响。我仿佛生活在此地，又仿佛生活在远方。不去关注身边人们的谈论，也就不受是非干扰。我甚至还拥有了一种世俗生活的豁免权，这对于有着社交恐惧症的我来说，简直是一种奖赏。

疫情期间的隔离式生活只是一个阶段的生活。当疫情结束后，人们还将回到自己原先的生活模式中去。只有少数的人，因为习惯仍旧自我隔离着（比如我），与外界保持适当的距离，这距离会让他们拥有自我的空间，享受独处的愉悦，保持独立冷静的思考以及灵魂的自由。

4

立春这天，我决定重新开始书写，写什么都行，写多少都行。对我来说，写作是自我平衡的阀门。我需要写作来让自己重新获得日常生活的平衡感。

这段日子醒来的第一件事就是摸床头的手机，打开，看实时更新的疫情通报，看朋友圈里关于疫情的最新消息，看社会志愿者记录的文字和镜头，也看各地最新的疫情管理策略。一些在正常时期不可思议的规章制度，此时都变得合理和必须。一些在正常时期不可能发生的事，此时也正在发生。

把这些轮番看完后再起床洗漱，给自己做简单的早餐，拉开阳台的窗玻璃看外面的天气，呼吸早春的气息以驱散心头的压抑。这几日天气晴暖，小区的红梅全都开了，木莲花的花苞也在迅速长大，褪去毛茸茸的外衣。不管人间此时发生什么，大自然都在依照它的节奏，把春天的事物依次带回人间。

每日必做的还有给父母打电话，问询他们在乡间的生活状况，叮嘱他们不要外出，千万注意身体。接电话的通常是父亲，说我们都不出门，就在家里看电视。父亲叮嘱我要好好吃饭。

不要总是不吃油盐不吃米饭，没有营养的。母亲在父亲旁边加上一句。

此前我并不是每天给父母打电话，有时一周才打一次。我厌烦母亲的啰唆，总是爱抱怨这抱怨那，听得脑门发胀，索性就少打电话。而现在，每次通过电话之后，心里就会暖意弥漫，仿佛喝下一碗热粥。想到疫区，那些一夜之间失去亲人的人，我对此刻所拥有的平凡的一切都倍加珍惜。

昨天在朋友圈看到上海给居民发行的“出入通行票”，票券上写着“每户家庭每 2 天可派 1 名家庭成员上街采购生活物资，居民凭此票通行，返回时由小区（社区）收回”。票券下写着使用日期和过期作废的字样。

我所在的小城从昨天开始也在推行各小区封闭式管理。而此前十天，村庄就已经把通往外村的路封起来，外村的人不给进入，本村人没有要事也不给外出。这个时期，可能也是每个人的家园感最强烈的时候，确定地知道，自己的安身立足之地在哪里。

傍晚去浦溪河观鸟，没有口罩，找出一条棉布方巾把脸裹起来，只露出双眼。其实也可以不这么裹着。我居住的小区地处城郊，入住率低，以往的日子，白天出门也很少遇见人。

沿着马路往浦溪大桥方向行走，又看见那位驼背老者在菜地里。每次看见这位老者就会下意识停下脚步，说不清是什么吸引我去留意他，也许是他侍弄菜地的姿态——近于虔诚的专注，还有那让世界安静下来的缓慢。这片菜地在一个月前还是荒芜的，而此时已清理得干净齐整，地里菜苗翠嫩，如同幼稚园里齐刷刷站立的孩童。

老者几乎是匍匐着蹲在菜地里，当他起身时，才发现他的腰是弯曲的，脊背是驼着的。对于我的注视，老者全然不知，他更不知道，每次经过这里停下来看着他，对我是一种内心的

冬

观照。年复一年日复一日，只要还能在这里看见老者在地里劳作，看见四季菜蔬轮番生长，开花结果，就觉得生活还是一如既往的简单安宁。

这个世界每天都有不可控的事情在发生，让人越发觉得自身的渺小，生命的脆弱。而无论身外的世界如何变动不居，只要你不停下在自己土地上的劳作，就不会惊慌失措。即使种下的可能遭遇干旱或洪水，你仍旧要种植。种植的意义不只是为了收获，更是建立生活的正常秩序，为了精神的安定从容。

浦溪河边有三三两两的人在走路，都戴着口罩。河对岸有人在跑步，为方便呼吸，口罩挂在下巴上。

还没走到河边就听到小鹏鹛的鸣叫声、在水面的踏浪声，待走近了，才看见河心有一群小鹏鹛，相互追逐，身后拖着一道道银亮的水波，像拽着长尾巴的彗星。

两只黑水鸡也在河心游动，一只追着另一只，嘴和脖子紧贴水面，与身体平行，像表演着一种特技，天真又滑稽，一看就知道是小情侣之间的游戏。

河岸边也有两只黑水鸡，一只在岸上站着，用嘴巴梳理着羽毛，另一只正奋力游向它，嘴里发出热烈的鸣叫。

鸟禽对季节的转变更为敏感吧。水的温度，空气的湿度，白昼的长度，日光的亮度，都在提醒它们，最为难熬的冬天正在远去，属于它们歌唱和繁殖的季节正在到来。

在河的上游，有一只白鹭在飞。一只孤单的没有随着家族成员迁徙的白鹭。是什么原因使它留下来过冬？也许是它已经衰老不能长途飞行，或是别的不为人知的原因。

有很久没有来河边观鸟了。想起去年冬候鸟迁徙的月份，天天赴约般起早来到河边，仿佛已是很久以前的事。而其实，不过相隔两个多月。

那真是一段宁静又幸福的时光，每天醒来都有所期待，每天的拍摄也都有意外的收获，在家里坐着就能听到候鸟的振翅声与鸣叫，夜晚的梦境里也是鸟群在天空飞翔的盛景。那样的时光还会再回来吗？我的生命里还有多少那样的时光？这些都是未知数，没有人能够回答。很庆幸我拥有过如此的生活：与大自然的事物为邻、为伴，观察它们，拍摄和书写它们，把它们当成孩子并成为它们的孩子。

在观看纪录片《坂本龙一：终曲》时，有一段话很触动我，便拿笔记了下来："因为不知生命何时将尽，我们总以为人生是一口永不干涸的井，但很多事不会发生太多次，能记住的更少。你能记得几次童年的午后时光？也许这样的记忆有四五个，也许更少。你还会看到几次满月？也许还有二十次，然而一切又似乎没有尽头，你无法想象少了它会怎样。"

是的，无法想象少了它们会怎样，如果知道看见的阳光是最后一次看见，听见的鸟鸣是最后一次听见，此后将陷入长久的无明与无声中，会怎样呢？

很多事不会发生太多次，尤其是生命中那些看起来平常而又美好的事。当我们领悟到这一点时，似乎又总有一点来不及，在心里暗自懊悔，懊悔没有及时珍惜，辜负与荒废的实在太多。

起风了，天色暗下来。浦溪河倒映着夕影。暮晚的岚气浮在山间。一切都在流逝，又仿佛从未流逝。

5

这些天总有一种虚弱无力的感觉，即使什么也没做，仍旧疲惫不堪，胸口像是贴了一块扯不掉的胶布，堵着，闷着。在大好的晴天走在山间野外也不能真正愉悦起来，也不为自己相对他人已足够自在的生活状态感到庆幸，耳边总有一个声音冷冷地说道：有什么好庆幸的，你不过是在苟且偷安罢了。

这些天也总是摆脱不掉一种歉疚感，这种歉疚感是苟且偷安带来的，仿佛在疫情中死去的人都是替我在死，遭受磨难和痛苦的人也是替我在遭受。我安然无恙地生活着，却并不能为之心安理得，而如果不小心在这样的日子里感到一丝欢愉，就会自我谴责、暗自惭愧。

起初并不知道这种消除不掉的疲惫感和歉疚感是什么原因，前天看到一篇来自疫区志愿者的访谈，一位名叫松鼠哥的志愿者说："我们一定要学会一个技巧，就是不要过度共情。你的共情虽然能够体现出善良的本质，但是它会让你变得很脆弱，它会把你带入到对方的情景当中去，让你变得消极、悲观、恐惧、无助，于现实层面来讲，这是没有帮助的。你现在要做的事情就是屏蔽掉外面的负面信息，去做好你自己该做的事情。"这才醍醐灌顶，醒悟过来。

是的，这一个月，我过度甚至是强迫症般地关注着疫情，没有帮到什么忙，反倒是伤害了自己的情绪，让自己变成心理上的疾患者。我需要减少负面情绪的过度加载，更多地去聆听大自然的教诲，顺应季节的节奏，该生长的时候生长，该删减的时候删减。如果我不能做到“帮助一只昏厥的知更鸟重新回到巢穴”，那么，至少应该帮助自己，不要从巢穴中掉落下来。

今日雨水。天气多云。清晨未见霜冻，温度比前两日有回升。庚子年的正月就要过去了。

我生活的小城至今尚未发现疑似病例，居民们除了出行受限，日常生活并无多大影响，而我因居于偏僻之地，所受的影响更少。从昨天开始，小城内部已有了解封的迹象，村庄的路障正在撤去，路上的车辆明显增多，地里的劳作者也多了起来，给豌豆苗搭架子，给土豆苗和莴笋秧施肥，把山芋种埋进地里。无论遇到什么灾难，只要土壤还在，种子还在，阳光和雨水还在，大地就不会在春天到来时仍旧了无生机地荒芜着。

昨晚听到颇为热烈的鸟鸣，在公路旁边的田野上空。天色暗黑，看不见空中的情形，站着听了一会儿，猜测大约是灰头麦鸡的鸣叫。是留下来过冬的麦鸡感受到春的萌动，在此聚集、求偶，还是去年秋天飞走的麦鸡又飞回来了？

留下来过冬的候鸟有不少，春节前一天还看见斑嘴鸭，一行七八只，在天空飞着。去年是暖冬，这里几乎没有下一场像样的雪，留下来过冬既减少了迁徙的能量消耗，也减少了路途中的风险。改造后的浦溪河有一片环形浅水区域，离我的居所不远，是专为湿地鸟类辟出的，也许以后留下来过冬的候鸟会更多吧。

皖南的冬天并不长，倒是早春时的湿冷较难熬。几天前就有一次断崖式降温，最低气温为零下七度，降温前噼里啪啦下了好一阵冻雨。这样的天气对留下来过冬的候鸟就是考验了，

好在过了两三天，温度又回升上来，到处又都能听到它们迫不及待的鸣叫声。

鸟鸣是地球上最具安抚力的声音，如同梵乐，无论这个世界变得如何糟糕，只要听见鸟鸣在空中回旋不绝，就能让人在瞬间安宁下来，心神回归清静。

如果这个地球上没有人类，只有鸟兽昆虫和植物，会是什么样的情形呢？这是我今天早上突然想到的问题。这问题有点杞人忧天，不过谁知道呢？说不定有那么一天，人类将吃下自己所种的果——被自己所制造的东西打击、吞噬，渐渐从地球上消失。而鸟兽昆虫和植物，凭借它们的总量，在经过一轮轮劫难后，仍旧会剩下一些，继续繁衍，在地球上生存——这并不是没有可能的。

人类需要地球，而地球并不见得需要人类。地球在失去人类之后，仍旧会自我修复成蓝色的美丽星球，能继续在这美丽的星球上获得生存权的生物，将是不会过度掠夺和伤害它的那些。

多年以后，当我们回想起 2020 年的开端，该怎么谈论？我们印象里最深刻的将是什么？我们感到悲哀和慰藉的是什么？我们恐惧什么又庆幸什么？经历了这场与每个人息息相关的疫情之后，我们是否会重新审视自己的生存环境，重新认识我们自以为熟知的种种包括自己。在经历此劫之后，我们是否会将人生中重要的事情重新排序，想一想究竟为什么要活着，如何活着才不枉此生，无论生命在何时结束。

孤独的放蜂人

昨晚又梦到太平湖，梦到湖边的黄檫和山樱开花了，油菜地浮起一片明黄，蜜蜂倾巢而出，驮着阳光的金色粒子在低空飞舞。

还梦到一位戴着面罩的放蜂人，在湖边的大树上搭了个树屋，那树屋看起来小极了，鸽子笼那么小，也不知道放蜂人是怎么住进去的。

养蜂人说起话来像唱山歌，不，就是唱山歌。我完全听不懂，而那些蜜蜂却听得明白，围着他嗡嗡嘤嘤，跟随他从一座山到另一座山。

这个梦的前半部分是暖色调的，到处都是浓稠的阳光，在梦里我同那些蜜蜂一样，被放蜂人的歌谣催眠，跟在他后面，从一座山到另一座山，走着走着竟然轻飘飘地飞起来。

但是很快，这个梦就变成灰色调——飞在半空中的我撞进一团乌云，灰蒙蒙什么也看不见。恐惧从四面袭来，绳索一样捆住我，我想喊救命，却怎么也喊不出来——声音卡在嗓子眼，就是发不出来。在拼命的挣扎中醒了过来，回想方才的梦境，觉得那个放蜂人有几分面熟，虽然戴着面罩看不清眉眼。

十多年前住在太平湖时认识一个放蜂人，记得是二月末尾，放蜂人的帆布帐篷突然出现在湖边的油菜地旁。一同到来的还有放蜂人的妻子、孩子、一只大黄狗和围在地上一排排的木头蜂箱。

从我的窗户就可以看见放蜂人的帐篷。放蜂人的妻子将头发随意挽在脑后，怀里搂着孩子，安静地晒着太阳。大黄狗在帐篷前卧着，有陌生人靠近就迅速起身，狂吠不止。

借着购买蜂蜜的机会我走进过放蜂人的帐篷。帐篷里光线暗得很，木板床占了一半空间，床上凌乱地堆着被条和衣服，弥散出复杂的气味。蜂蜜储存在两只半人高的铁罐子里。铁罐子上又有一排小玻璃罐，也装着蜂蜜。做饭在帐篷外面，地上挖个坑，垒几块砖就是灶台，遮阳伞撑着，既挡太阳又挡雨。

有次买蜂蜜，放蜂人赠送了我一小瓶花粉。过了两天，我买了些孩子吃的糕点回赠过去，放蜂人显得有些局促，两只手搓来搓去，倒是他的妻子大方得很，接下糕点，让孩子说谢谢阿姨。

放蜂人的妻子说她很喜欢皖南，皖南的春天来得早，花草干干净净的，水洗过一样，不像他们家那边，树叶子灰扑扑的，尽是尘土。

放蜂人的家在北方，祖孙三代以养蜂为业，放蜂人说他自记事起就跟着父亲到处跑，没有读过书，长大后想改行也不行了，只有接过父亲的蜂箱，长年在野外过着流浪者的生活。

等孩子上学就不出来了，放蜂人说，自己耽误也就算了，不能再耽误孩子。现在蜜蜂也不好养，到处都在建楼，蜜源地越来越少，好不容易找到蜜源地又是打过农药的，蜜蜂采了打农药的花就会死，前年有十多箱蜜蜂就这样没了。

在我们说话的时候几只蜜蜂飞过来，有只落在我的鬓发上，几乎要钻进耳朵，我本能地拍打了一下，想把蜜蜂赶走。

别拍，站着不要动，它不会蛰你的，不管是蜜蜂还是马蜂，都不要用手拍打，也不要跑，你越跑它越是追着你，放蜂人说道。

和放蜂人一家相熟后，了解了不少关于蜜蜂家族的秘密生活——原来蜜蜂是母系社会的生物，一个蜂箱里必有一只蜂王、少数雄蜂和几千只工蜂。蜂王和工蜂都是雌性，只是各有不同的使命。蜂王的使命是生殖，日复一日地在蜂巢里产卵。工蜂的使命是劳作，负责清洁、喂食、筑巢、采集和酿造的工作。雄蜂在家族里就是个浪子，什么活也不干，还要依赖工蜂供养。不过雄蜂也有它的悲哀，在与蜂王完成交尾后就死去。这也是很多雄性昆虫共同的命运。

蜜蜂的信息交流是靠肢体完成的，舞蹈就是蜜蜂的语言。当一只蜜蜂在野外发现蜜源，会携着花粉回到蜂巢，在巢里不停地跳摇摆舞，很快，它的姐妹们就倾巢而出，向着繁花之地飞去。

放蜂人离开的时候是春末。也不知道是哪天，当我打开窗

户望出去，觉得少了一些什么的时候，才发觉帐篷已经不在了，地面空荡荡的，只留下砖头搭的地灶和小堆没有烧完的柴火。想起几天前有辆大货车停在帐篷外面，放蜂人一家应该是跟着货车迁徙到别处去了。

如果不是这个梦，我早已忘记了那个放蜂人。不过我梦里的放蜂人似乎又并不是他。我梦里的放蜂人是会唱歌的，一首没有歌词的春之歌，可以领着全世界的蜜蜂和花朵，翻过一座又一座山的歌。就在我醒来的那刻，耳边还响着歌声。

梦到放蜂人可能跟最近看的一部纪录片有关。影片的拍摄地在欧洲的北马其顿——一个位于巴尔干半岛中部的内陆小国。哈提娜是养蜂女，也是这部纪录片的主角，与年老的母亲生活在已然成为废墟的村庄里。

一座村庄是怎么成为废墟的？以前生活在这里的人去了哪里？哈提娜和母亲为什么没有离开？影片没有就这些背景给出交代，不过看完整部影片之后，这些疑问就消失了，像气泡消失在水里。

哈提娜的养蜂手艺很古老，近于天然，高山岩壁、村庄里废弃的石墙、树洞，就是她的养蜂之所。对她来说，蜜蜂是她除了母亲之外的亲人、友伴，需要她看顾照料，也给予她生命和情感的喂养。

哈提娜已经不年轻了，样貌苍老，甚至有些丑陋，好在她的身体还是轻盈的，如同一只野鹿，当她背着蜂笼逆光走在山间，或跪在地上，将蜜蜂放飞在开满花朵的草地，嘴里发出温柔的充满魔力的歌调时，完全就是山野牧神的样子。

和那些蜜蜂、树木、石头一样，哈提娜属于这片山野，她是山野的女儿，也是山野的女王，只有在这里哈提娜才是自由自在的，可以凭着天性生活着，即使这里土壤贫瘠，缺少水源，夏天过于炎热而冬天又过于寒冷。

哈提娜在固定的月份收获蜂蜜，她撬开墙洞的石块，看着储满蜜糖的蜂脾，如同农民看着金灿灿、沉甸甸的稻穗。恩赐，这是上天的恩赐，哈提娜说。割蜂脾时，哈提娜的动作很轻很慢，担心伤害到蜜蜂，嘴里喃喃有词，像是自语，又像是对被自己惊动的蜜蜂说着抱歉和安抚的话。

无论蜂巢里的蜂蜜多么丰足，哈提娜只收取一半。取一半留一半是祖辈立的规矩，哈提娜遵循着这个规矩，以收取的一半养活自己和母亲，留下的一半供蜜蜂食用，繁衍它们的族群。

哈提娜很容易就能获得满足和快乐，尤其是和孩子们在一起时，她甚至比那些孩子更像个孩子，拉着他们的手唱歌跳舞，舞姿有让人感动的笨拙与天真。

那些孩子是在某天随着父母来到这个村子的。一同涌进村子的还有大群饥饿的牛。村子的宁静被突然到来的这一家人打破了，尘土和喧闹声四处飞扬。

哈提娜从自己家的围墙里观望着这一家子，很显然，这户人家的到来意味着某种入侵。哈提娜似乎并不那么在意，她喜欢小兽样到处奔跑的孩子们，喜欢孩子们给村子带来以前曾经有过后来又消失的生气。哈提娜领着孩子们唱歌跳舞之后又喂他们吃蜂蜜，这是她能拿得出来的最好的东西，也是她愿意与邻居分享的东西。

哈提娜对邻居一家是不设防的，当邻居向她讨教养蜂技巧时，她毫无保留地告诉了他们。邻居很快用车子拖来了蜂箱，在与哈提娜一墙之隔的空地饲养起蜜蜂。起先他们还能依照哈提娜的规矩，取蜂蜜时留下一半供蜜蜂食用。但是没多久邻居就抛开了这个规矩，他们有那么多孩子要喂养，这就使得他们觉得拥有的始终不够，还需要更多。

邻居饲养的蜜蜂在失去食物后开始大量减少，哈提娜的蜜蜂也跟着遭殃，被邻居家前来夺食的蜜蜂攻击、咬死。哈提娜终于开始抗议了，训斥邻居不遵守取一半留一半的规矩，伤害了蜜蜂的性命，连累她的蜜蜂也跟着消失。

哈提娜再也没有地方放飞她的蜜蜂，草木来不及生长就被牛群啃食，村庄和周围的山野变得更为荒凉。当哈提娜在应该收取蜂蜜的月份撬开岩壁石块时，没有像以往那样看见里面有挂满蜂蜜的蜂脾，她原本宁静自足的生活被打破了。

这部名叫《蜜蜂之地》的纪录片拍摄了三年之久。在这三年里，哈提娜失去了她的蜜蜂，后来又失去了她的母亲。哈提娜的母亲半失明，长年卧在靠窗的窄床上，当哈提娜问母亲要不要带她出去晒太阳时，母亲说，你带不出去，我现在就像一棵树。

纪录片里有很多母女的对话，那些随意说出来的有一搭没一搭的话，听起来又温暖又心酸。当哈提娜问母亲：你能想象春天来的时候吗？母亲说，有春天吗？我已经历了太多冬天。哈提娜看着虚弱得随时都将离开的母亲说，没有你怎么办？我

该怎么办？母亲说，我也不想死啊，活着多好，饿了吃吃面包，渴了喝喝水。

在母亲去世之后，村子里就剩下哈提娜一个人了。那户有着众多孩子的邻居也走了，这个村子的资源不能满足他们不断繁殖的欲望——或许这也是早先居住在村子里的人家搬走的原因吧。

不知道那些消失的蜜蜂是否还会回到哈提娜身边——应该还会回来的，在村子恢复了宁静、春天来临、草木又生长起来的时候。蜜蜂是不会抛弃春天的，而春天到来时最先苏醒的也总是蜜蜂。

春到人间草木知

冬

花见日

今日春分。从上周末开始，阳台外的红叶李进入盛放期，算起来已有七天。

这七天是居所的花见日，每天早晨和中午，我就在阳台的沙发上坐着——这沙发原本摆在客厅，一周前为了看花被我移了出来。

一周前我还擦洗了阳台的玻璃，清理了几只花盆里的枯叶，将地面拖得干干净净。我是在用过节的心情迎接红叶李花的花事。

李花从初开第一枝到满树盛放用了两天时间。面对眼前的繁花盛景，听蜜蜂那电流一样嗡嗡不绝的振翅声，看蝴蝶从一朵花飞到另一朵，觉得自己真是幸运的人，不用出门就能领受

这么好的春光，并且是独享。

蜜蜂和蝴蝶喜欢在阳光强烈的中午造访。早晨来访的客人则是鸟儿，有麻雀、绿绣眼鸟，成群地飞过来，在花枝间穿梭，摆动小小的脑袋，快速又敏捷，把细长的嘴喙伸进花朵，不知道它们是在品尝花粉还是捕捉花朵上美味的虫子。

鸟儿总是带着礼物过来，那礼物就是它们的歌声。这歌声当然是送给开出这么多花的红叶李树，也是送给这么好的天气的。

近几天的天气都很好，这是红叶李树的运气。整个花期都是大晴天，每天都被阳光抱在怀里，每朵花都被照得通透明亮——这样的好运气可不是每年都会有。皖南春天多雨水，有很多花从开到落都在雨水里浸着，没有蜜蜂蝴蝶来授粉，自然也就不能有之后挂满枝头的果子了。

樱花开七日，李花也是开七日。昨天红叶李树开始纷纷地落下花瓣。有风吹来，花瓣就落得急一些；没有风的时候，花瓣就落得慢一些，徐徐地，缓缓地，安静又从容。

天气预报说今天下午有雨。午后天色果然阴沉下来，一阵一阵的疾风，将盛开了七日的花朵从树枝送到地面，密密匝匝，又寂然无声，犹如落向泥土的春雪。

仲春四月天

到了仲春，浦溪河的斑嘴鸭就多起来。或许是进入求偶期的缘故，清晨和傍晚走在河边，总是能听到斑嘴鸭的啼鸣，嘎嘎嘎，和家鸭的叫声没有区别，正疑惑它们到底是家鸭还是野鸭，扑的一下，它们就飞起来了。

一只斑嘴鸭飞起之后，跟着飞起一大群，在天空聚集，向着另一边的田野飞去，那里有几片蓄了水的稻田，翻耕之前就是它们的游乐园。

这个季节也是蛙鸣季。夜晚安静下来，坐在客厅也能听到蛙鸣，走在浦溪河边，蛙鸣就更加密集了，一种生机勃勃的自然律动，令人心安。

老家屋梁上的燕子也飞回来了。

起先飞回一只燕子，母亲很担心，在电话里跟我念叨：怎么就回来一只呢？去年走的时候可是两只一道儿的，这剩下一只孤单单可怎么办？

过了两天，另一只燕子才飞回来，进屋的时候大声叫着，它的伴侣从巢里闻声而出，以同样欢喜的鸣叫迎上去。

母亲这下放了心，在门口坐着，捏着针线的手不时停下，倾听燕巢里的动静。巢里的两个小东西，没完没了地叽叽咕咕，也不知道都说些什么。

春分第四日，听到今年的春蝉鸣唱。

上午下过一阵小雨，近午转晴，温度跟着骤然上升，潮湿暖融，几乎有了初夏的感觉。听到蝉鸣是午后，上班路上，在阳光里慢腾腾地走着，耳朵突然捕捉到来自山坡的小合唱，心里一动，脚步很自然地向小合唱的方向转去。

山坡下种着油菜，此时正是油菜花开的鼎盛之时，黄灿欲燃。油菜花的背后是灌木林，林间浮着崭新的绿云朵，春蝉的小合唱就是从绿云朵里溢出的。

冬

你好，你们好。在心里跟春蝉打着招呼，道一声别来无恙。明天就是倒春寒的天气，愿勇敢的你们能平安度过。

这个春天，心里总像是积着一池淤泥，一不小心就陷了进去。把自己拽出淤泥的最好途径就是亲近大自然的事物。

大自然永远能给心灵以慰藉，让人暂时从“人”的躯壳里挣脱出来，成为阳光的微粒、雨的分子、树冠的绿云朵，融化在春天的露珠和午间新蝉的初鸣中。

香椿与马兰头

春分食野菜。这几日食过的野菜有马兰头、蕨菜、笋和香椿。

香椿与马兰头都是有香气的。香椿的香气比较明亮活泼。马兰头的香气要清寂一些，淡淡的苦香。

香椿算不算野菜呢？应该算吧，因那香椿是在野地里得来，高高大大的香椿树，向上伸出的枝丫顶端举着幼嫩的叶芽，一小簇一小簇。枝丫太高了，踮脚够不着，跳起来还是够不着。想罢手，又不死心，四下里寻找，见不远处有根长竹竿，可能是之前采香椿的人搁在那里的。虽说香椿树长在野地，这大白天用竹竿打香椿，心里还是不免发虚，要是有人突然跑来训斥怎么办，可一想到香椿那诱人的味道就不管了，捡起竹竿挥舞起来。

慌里慌张，好不容易打落几根，低头找却找不到——地上还是去年的枯茅草，打眼看和香椿差不多的颜色，在里面把香椿认出来可不容易。

香椿香椿别躲了，快出来吧。嘴里念叨着，究竟还是找到一小把，深嗅一口，一股带着阳春气息的泉水涌过来，确定无疑是香椿的香。

采香椿一定要经过嗅觉的确认。视觉有时候会有欺骗性，没有嗅觉的辨别来得可靠。小时候就曾有一次把漆树芽当作香椿芽，采了一大捧，刚进家门就被母亲当头棒喝：快扔出去，那是漆树叶子。

哎呀妈呀，怪不得眼睛鼻子都发痒，再看两只胳膊，已经开始红肿。漆树会咬人，碰不得——大人早就警告过，而我居然把它当作香椿给采了。真是该死，它怎么长得跟香椿一个样子。

香椿最通常的吃法是炒鸡蛋，也有凉拌着吃的，焯水，切碎，和豆腐一起拌，放点细盐和麻油，做法简单，又保持了香味。马兰头也可以这样拌着吃，焯水，切得碎碎的，加花生米的碎丁或豆腐干碎丁，少量麻油和盐即可。

吃马兰头还有个讲究——得自己去采。自己采的马兰头吃起来才有春天的味道。

上周末采过一次马兰头，在乡下老家，同行的还有嫂子。这时节马兰头随处可见，我居所附近的田边地头就长着，不必非得回二十公里外的乡下老家去采。不过呢，在别处采马兰头终归少了一种情味。这情味是只有老家才有的，当双脚带着自己进入熟悉的山路，瞬间就回到儿时的心境，早已逝去的旧时光像是被招了魂，一下子醒过来。

马兰头有两种，一种红秆子，一种青秆子。红秆子的马兰

头长在向阳地里，贴着地面，个头小，很容易就老了。青秆子的马兰头长在背阴地里，不留意看不见，将荒草扒拉开，才发现潜伏着绿油油嫩生生的马兰头，那一刻的惊喜，不亚于寻到宝藏。

手里拎着竹篮，领着嫂子往鸟坞方向走。村里把山谷叫作坞，梅坞、叶坞、鸟坞、满坞……记得鸟坞的沟渠里就长着青秆马兰头，有铅笔那么长，小油菜一样碧绿，只是不知道隔了这几十年还有没有。

虽说脑子里清晰地保留着老家的地形图，可真正走在小时候走过无数次的山路上，还是有些恍惚：怎么变了样子呢？记得原来的河道很宽，而现在只是一道浅沟；原来种着稻谷的水田，现在是高大浓密的水杉林。有些路已经完全不见了，被灌木和杂草吞没，就像村里的一些老人，不知道什么时候就见不到了。

我甚至已不能确定鸟坞的准确位置，直到看见一棵横斜在路边开满碎白花朵的野梨树，这才认出。嘿，没想到野梨树还在，小时候受不住诱惑爬到树上摘梨，一个倒栽葱摔下来，下巴都磕破了。

冬

这棵野梨树看起来并不粗壮，几十年过去了，怎么没见长呢？

就是这里，这就是鸟坞。我对嫂子说。

鸟坞里的变化不大，野梨树下的小路还是那么窄，蚯蚓一样细长弯曲，路上有两截木头搭的小桥，桥下是流着溪水的沟渠，都还是以前的样子。很快就看到青秆子马兰头，一丛一丛，沿着沟渠错落而生，像是有人特意种下的。

过去这么多年，这些马兰头居然还是当年绿油油嫩生生的样子，在原来的地方安静生长，仿佛时间从来没有来过这里，即使在冬天也会枯萎，而充满奇迹的春天一来，又会从根茎上冒出新芽。

蹲下来采马兰头时，有一刻我突然有些惶恐：不知道它们是否还认得我，是否还能从我脸上依稀看到从前的模样。和它们相比，人是多么容易老去，多么容易从这个世界消失。

很快就是清明，过了清明就不能吃马兰头，说是鬼撒了灰。小时候听大人说这话是很当真的，过了清明绝不再碰马兰头，仿佛心生嫌隙。现在当然知道那是大人吓唬孩子的话，不过也奇怪，一过清明，马兰头就褪去青嫩，灰头土脸的，和杂草混在了一起。

等马兰头再长大一点，分出枝丫，开出酷似雏菊的蓝色花朵，又是另一副模样，已然是脱胎换骨，甚至拥有了另一个名字——田边菊。那些曾在春天采过它的人，很少能再认出它来。

马兰头的花季很长，能从夏天开到深秋，村庄的田野，因为这些开在低处的小小花朵，也就有了简朴的诗意，仿佛一阙反复循环的乡村歌谣，给人心里送去恬静和安谧。

花香是一条回家的路

原本是想上山摘野草莓的，到了山间，却被正在盛开的野蔷薇和忍冬花给迷住了。

一同出门的还有嫂子和邻居。他们的目标是去竹园拔笋，听说我想摘野草莓，邻居说我带你去一个地方，那里的野草莓不晓得有多少。

不晓得有多少，就是很多的意思。

嫂子开车，邻居坐在副驾驶座上引路，到了地点才知道就是茶博园，离我的居所很近，半个多小时就能步行到这里。

你在这边摘，我们拔好笋再过来接你。嫂子说。

但我此刻最想摘的已不是野草莓了，尽管野草莓就在那里，红星星一样，缀满草坡。

此刻我想摘的是忍冬花。我为野草莓而来，到达目的地，却被又香又美的忍冬花抓住了心——见异思迁的人性啊。

忍冬为藤生灌木，晚春开花，初开时为白色，之后转为淡黄，

开至盛时倾覆如瀑，黄白相间，所以乡间又叫它金银花。

但是眼前的忍冬花并非乡间常见的黄白之色，而是淡红。花苞的色度又更深些，接近紫红了。心里有些疑惑：这些花是野生的吗？好像不是。但它们也不像是公园里的植物，有人工侍弄的迹象。这些忍冬很随意地生长在路边和茶窠地里，与杂草纠缠在一起，匍匐于地，或缠绕在茶树上，完全是自由散漫的野生状态。

茶博园属于本地农业示范区，我只来过两三次，中间相隔也有好几年了。我想不起第一次来这里是哪一年，也想不起是和谁来过这里。人到了某个年龄段之后，对光阴流转既敏感又迟钝，一年一年地过去，匆促又浑然不觉，有些事想起来以为是不久前发生的，而其实已过去了很多年。

茶博园不算野山头了，这些忍冬花能不能采摘呢？带我到这里的邻居说她去年就来采过，而此时，也有三三两两的人，手里提着篮子，在不远处采摘着什么。

不再犹豫，在一丛忍冬花前弯下腰，采摘起来。

采花算得上这世间最美的劳动。做一个芳香的采集者，应是这世上最为幸福的人。

虽色泽不同，红色的忍冬与黄白的金银花在香气上并无区别。而我之所以见着这忍冬花便拔不开脚步，也是因为它的香气。我太熟悉这香气了，就像记得小时候父母留在枕巾上的气味，在充斥着各种复杂味道的人间，在闻过各种类别的气味之后，仍能轻易地记起它们，辨认出它们，在不期而遇中再次闻到时，心口会腾地生出亲切感，仿佛这气味就是一条通往生命源头的路。

人的头脑里一定有个气味档案室吧，这档案室里记录的每种气味都对应着一段时光、一段生活、一次经历。比如有些气味，就叫童年；有些气味，就叫青春。也有叫作厌恶、寂寞、恐惧、沮丧、死亡的气味，只要一闻到，就会产生相应的情绪。

人体的气味是会发生改变的，不同的生命阶段有不同的气味，不同的季节有不同的气味，甚至心情不同，身体散发的气味也会有变化。

心情愉快的时候，身体散发的是淡淡的果香；爱上一个人时，这果香就会变得浓郁起来，几乎让自己也为之沉迷。悲伤或郁郁不欢时，身体的气味会变得像隔夜的茶，有一股驱之不去的馊酸。

父母在进入老年后，留在枕巾上的气味不再是年轻时候的那种了。流逝的光阴悄悄改变着每一个人。在时间面前，人与大自然中的草木一样，在季节的变更中由荣到枯，直至萎去。

好在忍冬花的气味没有改变，当我闻到这香气，顷刻就回到自己的村庄，回到屋后的山岗——背着茶箩采茶的少年时光。

如果绿茶也有伴侣，那么当之无愧就是忍冬花了。

植物的香气有很多种，有荤香，有素香，有甜香，有药香，有令人窒息的毒香，也有若有若无的暗香……金银花的香气属于怡神静心的素香，脱水制干后，清新中就多了份沉郁，接近于药香，又不似药香那般苦寒。这种香气，唯有绿茶可以驾驭。

或许是自然之神有意的安排，在茶叶长到可以采摘的时候，忍冬花，或者说金银花也迎来了开花的季节，更为神妙的是，金银花的香气与炒熟烘干后的茶叶香气天然地融合，彼此衬托，相互提升。

茶树是这样一种植物，它很善于吸纳山野花木的气息，它把自己当作芳香收纳所，让香气顺着叶脉浑然不觉地进入体内。这样，当花朵枯萎、成为泥土时，那些游灵一样的香气仍然留驻于世，只不过换了另一个载体存在着。

这也是茶叶与金银花在一起香气能够那么融合的原因吧。事实上，茶叶生长于山野时，便已悄无声息地吸入了金银花香——在灵魂上，它们早已彼此相识，互为知己。

我家后山岗上的茶窠地里就有很多金银花，那是名副其实的金银花，野生的，在春末垂挂下大片黄白相间的花瀑，四处蔓延。而此时正是绿茶生长的顶峰时期，清晨，太阳还未起山，我和哥哥就背着茶箩，跟随父母，踩着露水上了山。清晨里的一切都是新的，空气里更是芳香密集。我们和茶树一样，大口大口地吃着花香，直到肺腑被香气浸透。

到了立夏，茶窠地的采摘收尾了。父亲这时会采一些金银花回来，摊开在竹匾里，在太阳下晒干。

晒干的金银花黄中带褐，掺进深绿色的魁尖茶，装进一只大洋铁鼓子。这就是自家一年喝的口粮茶了。这样的茶我喝了很多年，不知道它们的气味是否也已渗入我的灵魂。

当我低头采着花，在花香的带领下神游于少年时光时，忽然听到嫂子喊我的声音。

丽敏，在干吗呢？

这声音一下子把我拽回到眼前的现实。

在采花，一棵花还没采完。我答道。看看身边的果篮，虽说一棵还没采完，倒也装下小半篮了。

春将暮时子规啼

谷雨那天，听到今年的第一声子规啼鸣。

夜里下过很大的雨，到清晨雨势渐弱。山间云雾缭绕，新树的叶子在风的吹拂下发着绿光。竹林里的笋子正在拔节，油桐开出满树静谧的花朵。苦槠和栗树也开花了，鹅黄花穗重重

叠叠，将山色渲染得丰腴又轻盈。

久违的子规啼鸣使我猛一愣怔，抬头分辨它的方向，又无迹可寻，仿佛那声音是从过去的某个时光段落里传来，悠远的回响加重了暮春的气息。

子规在古代更多的是叫作杜宇和杜鹃。

“松间沙路净无泥，潇潇暮雨子规啼。”

“其间旦暮闻何物？杜鹃啼血猿哀鸣。”

“杜宇声声，催人到晓，不如归是。”

翻开唐诗宋词，会发现子规频繁出没在诗人以词句构筑的意境里，成为伤春和思归的象征。

子规是攀禽类的高音王，也是哀伤的灵魂歌者。山间此起彼落的鸟鸣声里，唯有子规的声调高过峰峦，声声断断，如泣如诉。一个人置身细雨迷蒙的春野，很难不被子规的啼鸣震慑，黯然失神，也难怪古代的文人墨客会借子规抒怀，以此寄托羁旅漂泊的苦楚。

子规的栖居地在深山幽谷和村庄边缘的树林。我居住的小区临近郊野，鸟雀众多，晨昏之时，稍留意就能在空中捕捉到它的远音。入夏后，夜里也会听到它的鸣啭，此时万籁俱寂，唯有子规如同不眠的守更者，反反复复的啼唤，一声高过一声，尖锐而急促。当最后一声高音扎进苍穹，鸟鸣戛然而止——似乎子规已气绝身亡。被声音划破的夜穹重新弥合，陷入沉寂。惊醒的人在不安中翻了几下身，正欲睡去，子规的鸣声又从寂静中升起，开始了新一轮的夜歌。

乡间的老人把子规叫作鬼鸟，也是它的夜啼过于凄厉的缘故。老人睡眠浅，夜里听到的动静也就多。

昨个夜里鬼鸟又在叫魂，一会东头，一会西头，把天都叫破了，不知道村里哪个老家伙要走腿（方言，去世的意思）。入夏后，我奶奶常说这话。我从没听到过，以为奶奶又在胡说。

哪有什么鬼鸟，我怎么听不到。

你是小孩子，当然听不到。

凭什么小孩子就听不到？

小孩子的耳朵干净，鬼不敢作怪。奶奶越说越玄乎，仿佛她已然打通阴阳两界，可以自由穿行，并且无所不知。

等我终于也听到所谓的鬼鸟叫魂时，已过而立之年。那时我还不知道此君就是子规，在划破天宇的鸟鸣声里睁着眼睛，醒着，既恐惧又莫名兴奋，想象着无垠的夜穹深不可测的情景，也想着自己不知去往何处的命运。那鸣叫分明来自我的身体，是我想发又发不出来的声音，尖锐、孤独、执着，倾尽全力，不留余地。

这几年很少能听到子规的夜啼，偶尔听到心里也是平静的，不为所动，也不再为之辗转。待清晨醒来几乎记不起夜里听到过什么，梦到过什么。想来我也是到了无悲无喜、波澜不惊的年纪了吧。

再也没有什么能让我为之失眠。哪怕在叫破天的鸟鸣声里也能浑然不觉，心无挂碍，安枕入睡——倘能长此以往，倒也不失为岁月赐予的清福。

山间竹笋

冬

1

在皖南，从二月到五月，走到哪里都能看见笋。先是春笋，之后是雷笋，然后是水笋、金笋、苦竹笋。时常会发生这样的事，你走在山间小道上，走几步，忽然被什么绊了一脚，再走几步，又绊一脚，仿佛是谁故意使的恶作剧。

这使恶作剧的就是笋，太顽皮了，竟然跑出了竹林，跑到路中间，大剌剌地站在那里，完全不担心人们会将之拔去。

笋之所以这样明目张胆，是依仗它发达的根系。笋的根系太发达了，拔笋只是拔掉地表的部分，对地下的根没有丝毫影响。

笋的力量也是惊人的。去年在山道徒步，半山腰的路中间，赫然立着两根春笋，紧挨着，就像两兄弟。那路是石板铺的，石板有半尺厚，少说也有几十斤吧，居然被笋给顶翻了，从中

间裂开。

苏东坡说：“宁可食无肉，不可居无竹。”我也想居住的地方有一片竹林，这样既可听风吹竹林的声音，又可吃上肥美的笋。不过那竹林也不能离房屋太近，至少要退出房屋三米。太近了，说不定什么时候就把屋墙给拱倒——以笋顽强到可以破石的生命力，完全有可能。

2

乡下老家就有一片雷竹林，父亲种的，在屋后的小山坡上。

站在村口看，这片雷竹像是长在我家屋顶。竹林离屋子这么近，又在高处，叫人隐有不安，担心竹子会倒下来，压碎了瓦。

父亲什么时候种的这片雷竹？刮风下雪的时候，他不担心竹子会倒下来吗？想问父亲，又总是忘记。有很多年我没有在乡下屋子里住过了，偶尔回去一趟，也是当天就离开。

父亲种雷竹不是为了听风声，而是为了吃笋。在土里栽一根带鞭的雷竹，竹鞭扎下根，长出笋，笋变成竹，竹又长出笋，子子孙孙无穷尽也。

我家吃的雷笋就是这片林子里的，从春分到谷雨，清晨去林子打一转，半篮笋就提回家了。有时灶头上烧着水，趁水还没烧开锅，去拔两根雷笋回来，剥壳后，水刚好烧沸，入水焯一下，切段码进碗里，码一层笋铺一层腊肉，焖饭的时候放在饭头上。饭好了，揭开锅盖，米饭的香混合着笋香与腊肉香，热气腾腾，忍不住鼻翼大张，胃部幸福地痉挛着。

李渔在《闲情偶寄》里说，吃笋的方法有很多，不能全部记录下来，若用两句话来概括，就是“素宜白水，荤用肥猪”。

皖南有种手剥笋，可谓“素宜白水”，四五寸长的嫩笋，也不剥壳，入水后略加些盐，煮熟了捞起，剥壳吃肉，肉质细腻，味清香，佐茶最好。

“荤用肥猪”就是用猪肉与笋同煮，所用猪肉最好是咸腊肉，肥多瘦少的那种。腌笃鲜就是这样做的，咸五花肉和鲜排骨，切成块，入锅加水煮，至七八分熟时再加笋，中火慢炖半小时，汤色乳白即可食用。一锅腌笃鲜上桌，最先食尽的是笋，随后是汤，肉剩在那里，像折子戏里的先朝遗臣，热闹一阵，不知所终。

在众多的肉类中，唯有猪肉可与笋同煮，或者说只有猪肉，既能降服笋的野性，又不窜改其味。

李渔说：“从来至美之物，皆利于孤行。”越是好的食材，烹制的方法越是要简单，这样才能保持食材天然的味道，若是与其他食材同煮，或加入过多的调料，笋从山野汲取的清鲜就被破坏，从而失去了本味。

李渔说笋，也是在说一种处世之道——若要保持特立独行，不被世俗裹挟，就要与周遭拉开一些距离，与人“交道要戒纷纭，交情忌稠密”，“宁寡无滥觞，宁淡无胶漆”。

3

冬笋鲜，春笋肥。雷笋嫩，水笋脆。金笋长在黄土里，苦笋长在溪水边。

苦笋笋壳灰绿，边缘有一排细毛，酷似美人睫。苦笋与水笋相像，味道却极苦，小时候不吃它，看见了也是嫌弃的表情，不去拔它。后来才知道苦笋也是可以吃的，焯水后在冷水里浸两天，把苦味去掉再吃，竟比水笋还要脆。

这些竹笋里，最难得的算是冬笋。冬笋就是冬天的毛竹笋，还未出土，走在竹林里，静悄悄，空荡荡，地上什么也没有，一根笋也看不见。挖冬笋是有窍门的，没掌握窍门的人，在竹林里挖半天还是一无所获，那些笋好似长了耳朵，一听到锄头动土的声音就赶紧躲起来。

在挖冬笋这件事上，我父亲显得没奈何，上山半天，经常是空手而归，偶尔挖得一两只，也像是刚出生的小老鼠。我家吃冬笋完全靠邻居送，腊月里，东边这家送两只，西边那家送两只，舍不得吃，埋在后院沙堆里，过年时再刨出来。

挖冬笋的窍门我知道一些，是听邻居说的：要看竹子的年头，看竹顶垂向哪边，看地面有没有裂缝以及裂缝的走向。光听说是没用的，挖冬笋这件事，就是一个人和大山的亲密程度，只有足够亲密和了解，大山才会向你坦露它隐藏的秘密。

冬天温度低，冬笋埋在沙土里，几天后刨出来还是新鲜的。吃冬笋不用焯水，剥壳后切片，直接下锅，用冬腌菜炒，猪油多放半勺，笋切得细一点，起锅时放一匙辣椒粉，酸辣脆口，很下饭。若是过年吃，就拿冬笋与排骨、香菇做成三鲜火锅。

冬笋太珍贵了，舍不得随意吃，留着送人或招待来家里的客人。乡间人就是这样，越是好东西，自家越是舍不得享用，

仿佛自己吃就是糟蹋了好东西。

在竹笋一族里，最喜欢吃的还是水笋，有几年，从春分到立夏，一日三餐必以自己腌制的水笋佐食。腌制的方法也很简单，水笋焯水后切段，加醋，别的什么调料也不要，盐和油都不要，装进玻璃瓶中，过一天就能吃。

水竹长在低处，喜潮湿，也喜阳光，我住在湖边，沿湖的坡地和小岛上全是水竹林。下班后去湖边，沿着黄土小路走上半个时辰，怀里就抱满了水笋。

4

竹笋在春天蹿得飞快，尤其是雨后，村里人会说，不得了，竹林里到处插枪了。这“到处插枪”的说法很形象，竹笋立在竹林里的样子，可不就像是一杆杆长枪嘛。

也有更夸张的说法，说下雨天戴着斗笠去山上干活，雨歇了，把斗笠摘下来搁在竹笋上，傍晚下山回家时，跳起来也取不到斗笠了，已被竹笋顶得半天高。

竹笋长得这么快，仿佛是要用三级跳的速度来争夺成为竹子的机会。长成竹子，它就是安全的，可以在山上活好几个年头，经历春夏秋冬的变迁。

不过村民们也有他们的招数，挖的挖，拔的拔，把竹笋用麻袋装着，背回家，剥壳，焊熟，晒成笋干。

清明后，立夏前，村里每家屋前摊着几只竹匾，竹匾里晒着笋。春笋从中间剖开分成两半晒，雷笋和水竹笋整根晒，笋衣单独晒在一只竹匾里。笋衣是从春笋上剥下来的，是竹笋最嫩的部分。

刚焊出来的春笋是玉白色，晒上一个日头就成金黄色。喜欢蹲在竹匾前闻笋子晒在太阳地里的味道，很硬朗的香气。这香气是太阳赋予的，太阳吸走了笋子的水分，又把金色的光焰和香味储存在笋的体内。在经历了剥壳、断生、暴晒的过程后，笋已然是脱胎换骨。

挖竹笋，拔竹笋，将之晒干，既满足了口腹对美味的需求，也给其他植物留下了生长的空间。竹子的生命力太强了，若不

冬

控制它们的数量，用不了多久，整个山头、田野、村庄，都会成为竹子的地盘。

5

今年刚开春母亲就在电话里郑重地叮嘱我：跟你爸说，让他别再挖春笋了，每次他上山，我在家里都急得不得了，人老了腿脚不灵活，摔一跤可不是好玩的事。

母亲认为只有我说的话能进入父亲的耳朵，她说的话在父亲那里不过是耳旁风。

父母不是地道的农民，日常生活却是农民式的，退休后就更像农民了，整天待在菜地，指甲缝里总有新鲜的泥土痕迹。这几年父母的身体衰老得厉害，母亲只在前后院子里种种花，不去菜地了。父亲一早一晚仍旧在菜地忙活，偶尔还到山上去，采挖一些山货。

母亲说父亲每次上山都瞒着她，只要半天没看见父亲，就知道他肯定又是上山了。有次，到傍晚父亲还没回家，母亲急得心口发慌，只好到邻居家，央求邻居帮着到山上去找。没过一会儿，邻居背着一袋竹笋进了我家院门，父亲跟在后面，身上尽是泥巴，一看就知道是摔跤了。

母亲说你爸把自己当小孩呢，在山上不光挖竹笋，还摘野果子吃，还顺着放木头的路往下滑，竹笋那么重，一下子就把他带翻，滚了好几个跟头。

我听得两腿发软，简直站不住。

问父亲可有哪里受伤，父亲一脸做错事的表情，说没伤着，把腰扭了一下，贴两副膏药就好了。

以后别再上山挖笋了，摔在山上没人知道怎么办？我努力让自己的语气显得平静。

父亲低着头，眼角有点伤感，没有说话。

父亲并不像母亲以为的那样很听我的话，到了三四月，竹笋唰唰往外蹿的时候，还是会瞅着空子上山，过半天背着鼓鼓囊囊的一袋回了家。

母亲又气又没办法，就拒绝吃他挖的笋，也不帮忙晒干笋。

怎么办呢？总不能给父亲戴上脚镣，把他锁在家里吧。我也很无奈，望着父亲两鬓苍苍十指黑的模样，心里又温暖又苦涩。

很奇怪，父亲年轻时的样子我一点也不记得了，仿佛他生来就这么老。父亲可能也不记得我小时候的模样了吧，不记得我刚出生的样子，刚学会走路时的样子。

但我们都记得村里每一座山的名字，记得进山的路。

我是能理解父亲的，一个在山间生活了大半辈子的人，不让他上山，如同剥夺了他行动的自由。他去山里挖竹笋、摘野果、挖野菜，已不是为了满足口腹之欲，而是一种仪式，是对过往岁月的回望，对又一年春天的拜访、庆祝，也是对自身所存生命活力的检验和证明。

与鸟同居

冬

1

每隔三五分钟，雄斑鸠就飞回来一次，嘴里衔着枯枝，落在雌斑鸠身边，放下枯枝后站着歇半分钟，转身又飞走。雌斑鸠卧着，丰腴的身体使她显得气度雍容，嘴里咕咕叫几声，把枯枝衔起来，重新摆放好，仿佛一个家庭的女主人，把男人随意往那一搁的东西归置到合适的地方。

这是四月最后一天的正午，阳光强烈，风一阵一阵地吹着，阳台外红叶李树的叶子光亮润泽，在风里前俯后仰地摇摆，发出如同夏日的声音，仔细看，枝叶间已缀满朱红色的果子。

是昨天中午发现这对斑鸠夫妇的，当时正给卧室窗台的花盆浇水，忽听头顶扑扑两声重响，惊得往后一退。最近开窗总是听到这声响，知道是鸟飞离的动静，还是免不了受惊。想必

那鸟也惊吓得不轻——窗口突然出现一个人的脑袋，还不得赶紧逃跑，慌里慌张，撞到窗顶的雨篷也是难免。

吃过简单的午餐，在客厅阳台的沙发上坐下，准备打个盹，耳朵却听到一串低鸣，咕咕咕，咕咕咕……寻声望去，这才看见那对斑鸠夫妇——逃离后又飞回来的斑鸠夫妇，正在卧室的防盗窗上，一站一卧，安详地聊天呢。

阳台和卧室窗户都朝南，中间只隔着一道玻璃窗，视线通透无碍。斑鸠夫妇没有发现阳台上有人在偷窥，聊了一会儿天后，雄斑鸠飞出去了，留下雌斑鸠安静地卧着。片刻，雄斑鸠又飞回来，嘴里衔着采集的建材——一截枯枝，很神气的样子，落在防盗窗的窗栏上，移步到雌斑鸠身边，将枯枝放下。

刚买下这房子时并不想装防盗窗，装了防盗窗的房子就像是鸟笼，人在房子里也就成了笼中鸟。可经不起父母一再唠叨，说这样不安全，就把卧室和书房的防盗窗装上了。

防盗窗顶还装了雨篷——这是装修师傅的建议，说这样雨水就不会打进室内，听起来很有道理，那就装吧。窗顶和雨篷中间有个小空间——在斑鸠夫妇入驻之前我从没有注意过的空间，如同微型阁楼。对斑鸠夫妇来说，这可真是安家落户的绝妙之地。

在阳台上偷窥了一刻钟，有些坐不住了，想取出相机将这场景拍下来。这是我的习惯，看见有意思的东西总想拍下来，仿佛这样才能证实所见不虚。

待我进屋拿起相机再走到阳台，雄斑鸠又飞出去了。雌斑鸠卧着，相机的焦距对不准，又不敢正对着它——鸟类对相机镜头很敏感，一瞅见就飞逃而去。本能告诉它们，这对准它们的黑黑的东西太危险，必须远离。

还是进卧室拍吧，在卧室窗前的地板上坐下，仰拍。这个角度应该不会被鸟发现。

担心脚步声太响，就脱掉鞋子，猫腰进卧室。在地板上坐下后才清晰地看见斑鸠垒的窝是个什么德行——一堆乱七八糟的枯枝烂叶，没有格局与形制，更谈不上美感。这粗制滥造的窝怎么能生儿育女，斑鸠夫妇，你们也太马虎了。

还是先拍摄吧，留下图片，有图才有真相。正准备按快门，从镜头里发现雄斑鸠低下脑袋，用那黑豆样的眼珠子看着我——扑扑，斑鸠又一先一后飞走了。与此同时，那堆枯枝哗啦啦落下来，是它们飞离时双足蹬落的。

怪不得了，一周前就发现卧室窗台落了一层枯枝。窗台怎么会有这些东西？莫非是风吹来的，防盗窗有窗格拦着，怎么能进得来？虽有疑虑也没多想，把枯枝清理掉了。后来的几天还是看见窗台上有枯枝，仍旧没多想，更没抬头往上看。

如此说来，斑鸠夫妇一周前就准备在防盗窗顶落户了。

2

是把斑鸠夫妇赶走，还是帮它们把窝建好？

心里有两个声音，一个说，赶走吧，它们在这里养育后代会留下大量排泄物，而窗子离床又很近，对卫生的影响显而易见。再说了，卧室窗子每天要打开通风，斑鸠夫妇在这里也住不安生。

另一个声音说，既然它们选择在此寄居肯定是有道理的，说不定对房屋主人已有过一番考察，觉得可以信任才把窝安在这里——虽然那窝实在不敢恭维，且不知何日才能完工。作为主人的我要对得起这份信任，与之和平相处，各得其所。

与斑鸠同居一个屋檐，对自诩为自然观察者的我来说，也是送上门的福利——抬眼即见，声声入耳，还有什么观察比这更真切。

好吧，那么就帮斑鸠夫妇一起把窝搭好，让它们安顿下来。

想起父亲曾用过的办法——在屋梁上钉两根长钉，铺上一张硬纸壳，让燕子把巢筑在上面，纸壳吸潮，保暖，又能防止粪便掉落，效果甚好，不妨一试。家里没有硬纸壳，倒是有几只牛皮纸的袋子，很结实，搭在防盗窗顶，就是现成的卧榻——比那硬邦邦的枯枝要舒服得多。

拿板凳垫脚，爬上窗子，清理掉防盗窗顶剩余的枯枝，把纸袋平铺上去。不知道斑鸠夫妇此刻身在何处，也许它们正在对面楼顶，或窗外某棵树上看着我。但愿它们能理解我的意图，是欢迎而不是驱逐。

斑鸠呀斑鸠，其实你们更应该把窝安在书房的窗子上，那里更安静，而且我可以不用开窗，也就不会打扰你们恩爱的小日子。想到这里，心里一动，何不把书房的防盗窗上也垫一张牛皮纸袋，说不定斑鸠夫妇会转移过去。

书房与卧室相对，窗子朝北。说是书房，其实更像是个储物间，平日里不怎么用的东西都堆在这里，堆得最多的当然是书，很多书买来后就往这一搁，起初还搁在书橱和书架上，书橱和书架挤满后，就堆在两只纸箱里。纸箱也满了，而书仍然在不停地买，就随意堆在电脑桌以及一切可以堆的地方。好在书有一种特质，即使乱糟糟地堆着，仍旧有静谧之气。

书房里有张沙发，我很少在这沙发上坐下来过，也从没在这房间待上超过十分钟。更多时间，我是坐在阳台的沙发上。我可以整个下午坐在这里，看着阳光在窗外树叶上的移动，或者听风声、雨声、鸟鸣虫吟，什么都不做，什么也不读，仍旧心满意足。

有时也会对那些被我买下却从没打开的书感到抱歉，觉得可能永远也不再打开它们。年轻时曾花过大把大把——像个富翁那样一掷千金——的时间在书的阅读上。当然阅读也同样给过我无与伦比的满足与幸福。只是现在，我似乎像个已经没有食欲的人，面对着书，丧失了饕餮的胃口。

这没有什么遗憾，因为自然本身就是一本活生生的有趣又始终新鲜的书，即使是阳台外这一小片树林，它带来的宁静与丰富，已足够让我感到生之愉悦。

3

书房的窗子上居然也有鸟巢。

当我爬上窗台，把一只牛皮纸袋垫到窗顶横框上，眼角余光瞥见角落有个东西垂挂在那儿，定睛看去，是一只保温桶状的鸟巢。

心中一喜，仿佛意外中彩。

鸟巢在防盗窗的右角上端，卡在两根横栏之间。房间里是看不到鸟巢的，得走到窗边仰头才会看见。不得不佩服鸟巢主人的智慧——这个角度安全又隐蔽，上面有雨篷遮挡，周围又有那么多绿植，毫不费力就能找到食物 。

鸟巢的上端结实紧密，下端有些微松散，丝丝缕缕地垂着，可以看出它的材质是很有韧性的草茎，一层层地缠绕、垒结，中间夹杂少许苔藓和泥巴。

显然这不是斑鸠的巢，也不是燕子的。会是椋鸟的吗？小区里的椋鸟很多，呼啦一下飞来，呼啦一下飞走，叽叽喳喳，热闹得不行。

等等，那是什么声音——叽……叽……隐约，细微，不留意几乎听不到。

鸟巢里已有雏鸟，而亲鸟此时并不在巢里。

对面电线上，一群椋鸟抬头望着我，七嘴八舌地叫着。我此刻还在窗台上，离巢很近，一伸手就可以触摸到。那些椋鸟，大概是担心我触碰雏鸟吧？

放心，我不会触碰你们的孩子，不过确实，我很想看看它们的样子，用手机拍一张照可以吗？远远地拍一张，绝不会伤害到它们。

爬下窗子，进客厅，拿了手机，又重新爬上窗子，把手机拍摄功能打开，伸到鸟巢上面，镜头对着巢内，拇指点击，再点击。

查看相片，一二三四，有四只雏鸟。

雏鸟是刚出壳的新生儿，眼睑还没有打开，嘴喙嫩黄，皮

肤透明，可以清晰地看见脊椎，身体软软的，相互依偎着，头上和背部的绒毛纤细稀疏。

这样弱小，真担心它们是否能长大。

没敢在窗子上多待，赶紧下来，回到客厅里。

“一只鸟的鸟巢最能反映出它的心智状态，也最能具体呈现它的推理和思考能力，毫无疑问，鸟类在这方面具有很高的天分。”这是英国鸟类学家查尔斯·狄克逊说的话，也是对鸟类智慧的赞赏肯定。

这话也不是放之四海而皆准，至少在斑鸠夫妇那儿就不是那么回事。但我又不太愿意以此标准下结论，认为斑鸠的心智属于低下的一类。确实，在筑巢这件事上斑鸠的表现不怎么样，很不擅长，不过在别的事情上，它们说不定有出色之处。

此消彼长，此短彼长——这世上的万事万物，通常是这样的。

4

看样子我是帮了倒忙——整个下午，斑鸠夫妇没有再回来。到晚间，窗口仍然没有动静。

这对斑鸠的学名叫珠颈斑鸠，雄鸟和雌鸟没有什么区别，都是大腹便便的样子，灰羽，颈部有一圈白点斑纹，像细珠子串起来的珍珠披肩。也许是身子太重了，它们很少在空中飞行，喜欢在屋顶踱着方步，在高高的电线和树枝上蹲着，也喜欢在地面慢悠悠地走动，见到人也不慌张，扭着小小的脑袋，镇定地看着你，待你向它走近，扑，它拍翅飞走了。

珠颈斑鸠是很早就熟识的朋友，以前住在太平湖时，早晨去湖边散步，出门第一个遇见的就是此君，双引号一样，成对地蹲在电线上，一对和另一对之间保持着互不干扰的距离，面朝日出的方向，一动不动，仿佛在举行晨祷仪式，安静等候太阳的金色马车驶出山巅。

珠颈斑鸠还有另一个优雅的名字——鹁鸪鸟。早些年，我在作品里写到它们时，就用鹁鸪鸟这个名字。斑鸠这名字太寻常了，知道的人太多，用在诗文里也就没有想象的空间了。

“是前天早晨听到春天的第一声鸟鸣。”在一篇题为《鹁鸪鸟》的短章里我写道，“鸟鸣声从楼下那片香樟林里传来，隔着细雨，水咕咕水咕咕地叫了好一阵子。躺在床上听着，好像春天已穿着花衣服立在床边。”

是的，每年春天听到的第一声鸟鸣就是鹁鸪鸟——斑鸠的鸣叫，有些悠远，殷切又从容。

“鹁鸪鸟的声音响起时天就亮了，随后是阳光，有时是早春寂寞的雨。在声音里我睁开眼睛，又迅速闭上，在想象中看见窗外有蓝天，蓝天下一片湿漉漉的旷野，旷野尽头是狐狸和野兔出没的小森林。”

这些年来，我不知道自己究竟多少次写到过鹁鸪鸟——斑鸠，已出版的那几本书，随意翻开一页，都能听到它们的叫唤，雨后天晴的时候是咕咕咕、咕咕咕；下雨天是水咕咕、水咕咕。

可是现在，它们在哪里呢？在我作为人类出于好意的帮助里，它们是否感受到不安？当人的行为越界时，即使是善意，对自然里的生灵也有可能是冒犯。

或许它们就喜欢硬邦邦的枯枝垒的窝，那样比较透气，散热也快。斑鸠属于肥胖体质，对居所散热的要求要高一些吧。要不还是把牛皮纸袋拿掉，把之前的枯枝摆回去，看它们是否会回来。

次日一早，先听了一下窗外的动静，斑鸠夫妇不在，拉开窗帘，推窗，把纸袋取下，想想，又从抽屉里找出几根细麻绳，在窗顶的横框上缠绕了几道，再把从室外捡来的枯枝码放上去。有麻绳打底，枯枝就不容易滑落了。

斑鸠先生，快领着你的妻子回来吧，只要你们回来，这扇窗子就交给你们使用，我会把窗门关起，窗帘拉上，小心不发出任何声音。

为了对昨天的惊扰表示歉意，我准备送给斑鸠夫妇一点礼物——去厨房，拿一只碟子放到窗台，往上面撒了一些小米和碎玉米粒。

做好这些，到了该去上班的时候，就在我拿上包准备出门时，从卧室窗台传来咕咕咕的叫声——它们真的回来了，这么快就回来了。斑鸠夫妇，它们领会了我的心意。

5

很快我就弄明白了一件事——书房的防盗窗上，那只颇费心思的鸟巢不是椋鸟的作品。

中午下班回家，隔着书房窗子，看见一个黑黑的身影飞进鸟巢，幡然醒悟——啊哈，原来是乌鸫筑的巢，之前怎么没想到呢?

和斑鸠一样,乌鸫也是这小区里为数颇多的鸟民,尤其冬天,别的鸟逐渐销声匿迹的时候,乌鸫的阵势就更可观了。小区简直成了乌鸫的天下,到处都是它们的族群,一群身着黑礼服的小绅士,在草地上聚会、闲逛,在落尽了叶子的矮树丛里飞进飞出,悠闲自在。

冬天之外的季节,乌鸫很少抱团群聚,喜欢单独或成对地出没,在路边站着,有行人走过来,它就贴着地面往前飞一点,也不飞远,待人走到跟前,它又往前飞一点。

乌鸫善于琢磨人的心思,还会与人对视,圆溜溜的眼珠子盯着你,仿佛在说:嘿,我认得你,你看,我一点都不怕你。在与乌鸫对视过后,有一种奇妙的感觉,觉得自己与之前不一样了,到底哪里不一样,又说不出来。

有时我故意不看它,假装不知道乌鸫在路边,它就一直那么站着,不飞。已经走到它身边,两米、一米、半米,用眼角余光偷偷瞅它,它还在那站着,尾巴着地,翅膀收拢,头微昂,假装没看见我,真够镇定的。

不认识乌鸫的人,总把它当作八哥——有很长一段时间我以为它就是八哥,也是长得太像了,生活习性也相近,都喜欢在矮树丛和草地活动,又都有一把好嗓子,是天生的歌手。

仔细看它们还是有区别的,这区别就在发型上——八哥的前额有一撮直立的黑羽,很不羁,很拉风,而乌鸫的发型就顺溜多了。另一个明显的区别是它们的脚爪,八哥的脚爪是黄色的,乌鸫的脚爪呢,仿佛穿了黑色连裤袜,一黑到底。

因为善鸣，且喜欢模仿林间其他鸟类的曲调，乌鸫的另一个名号就叫百舌鸟。暮春和初夏，凌晨四点半，天色微明，乌鸫就开始吊嗓子，亮歌喉，举行它的歌曲串烧音乐会，在各种旋律之间自如切换，极尽婉转，十分欢腾。大约一刻钟后，斑鸠和杜鹃的鸣唱也加入进来，很快又有更多的鸟鸣从四面升起，涌起晨唱的波峰。这时，乌鸫那节奏欢快、曲调多变的鸣唱却低下去，低下去，直至停歇下来。

乌鸫每日开启的歌会领唱模式，也许是一种唤醒法，仿佛在喊：某某，该起床啦；某某，天亮啦；某某，再不起来就吃不到虫子啦；某某，该给你的女友唱小曲啦。当所有的林鸟应声醒来，天空就有了日出之前的蔷薇色光芒，山间乳雾缭绕，草地露水闪亮。

到了黄昏，乌鸫又会再次亮起嗓子，在开满了花的香樟树上鸣啭啁啾，为即将告别的落日唱颂着赞美诗。

6

转眼五月，忽而入夏。天气预报前两天说将有强对流天气，果然，立夏这日电闪雷鸣，一场大雨里春天走远，初夏的帷幕拉开。

卧室窗子上空空的，斑鸠夫妇不在窝里，它们在哪呢？这么大的雨，为什么不回窝里老实待着？

斑鸠夫妇似乎还没有做好决定，是否在这个窝里繁衍后代。一天的大部分时间，不见它们的影子，夜晚也不在。当我有些失望，以为它们放弃了这个窝时，它们又回来了。

有天中午，斑鸠夫妇在窝里待着时，忽有不速之客造访——也是斑鸠，窝里的一只斑鸠（难辨雌雄）冲上去，以翅相撞，在窗檐扑打了两三个回合，将对方赶走。

隔天，这样的剧情又上演了一次。我在阳台饶有兴味地看着，猜想它们之间的关系，莫非那不速之客想来横刀夺爱，上门挑战勇气可嘉，不过也确实嚣张了点。

斑鸠夫妇已不把我的存在当回事了。我在阳台进出，洗衣服晾衣服，它们照样在窝里哼着歌，可过了一天，又是看不见影子。喂，到底什么意思，莫非你们在这里只是打尖歇脚？这样三心二意，什么时候养崽呢？我像那些焦虑的家长，操心上了它们生养后代的事。

好吧，斑鸠夫妇，这个窝就在这里，我不会动它，你们回不回来是你们的事，也许你们只是想再多玩些时日，迟一点生养，那也是你们的事——也不能拖得太迟，要知道现在已经立夏，很快就是梅雨季，总关着个窗子，不能通风，对于我这个主人来说也不是长久之计。

书房的乌鸫也很让我担心——太安静了，总听不见雏鸟的鸣叫，把耳朵贴在窗子上还是听不见，不知道雏鸟是死是活。仰头看鸟巢，太高了，什么也看不见，不知道亲鸟在不在，心里着实放不下，就想推开窗，爬上去看个究竟。刚一开窗，啾，乌鸫从巢里飞出来，飞到楼底的水泥墩上，扭头看着我。对不起对不起，你在就好，不打扰你了。

隔了一天，又忍不住，蹑手蹑脚走进书房，仰头看，屏息听，

还是听不见任何响动，怎么回事，照说应该有雏鸟稚嫩的声音啊，又开始担心，想一探究竟。再推开窗，用手轻扣窗框，试探亲鸟在不在巢中，没有动静。等我搬来椅子，准备爬上去时，一低头，看见乌鸫就在楼下草地，头高仰，黑眼珠子瞅着我。

好吧好吧，你在就好，我只是打开窗透一下风，这就关上。

昨天的雨下了大半天，到傍晚停了。一天没出门，想出门透口气，刚走出楼，就听到一对斑鸠在楼顶的对唱，是住在我家的那对吗？再走几步，又发现两只乌鸫在树下扑腾追逐，应该也是两口子吧。继续往前走，居然看见一对从没见过的鸟，黄绿色羽毛，嘴喙短而粗厚，额和头顶前部黑色——有点像鹦鹉，又有点像蜡嘴（后来得知是领雀嘴鹎）。两只鸟追逐着飞了一会儿，其中一只在地上捉了个小虫，飞到同伴身边，嘴伸过去，亲亲热热地将虫子喂给同伴。

我手里拿着相机，迅速拍下两只鸟以嘴喙交接虫子的瞬间。之后两只鸟又深情对视片刻，一看就是热恋中的情侣。

如果我没有出门，就无法看到这样美好的一幕了。而当我看到这一幕，就如同收到大自然赐给的礼物，内心甚是欢愉。

相比起来，作为人类的我生活多么单调乏味，只有在看到自然界的事物，看到草木花鸟虫鱼的生活时，才觉得生命如此自由、丰富、有趣，简单又快乐。

当然，鸟类的生活也并非看起来那样自由快活，雏鸟长成成鸟也并非容易之事——昨天那场过于迅猛的暴雨就折断了很多树枝，摧毁了树枝上的鸟巢，当那还没来得及长大的雏鸟从巢里摔落，就再也无法回到亲鸟身边了。

暴雨过后的鸟儿们比平日里更为欢腾，仿佛是为了庆祝什么。不知道它们之前是否有过恐惧和绝望，应该是有的，每一场暴风雨，对自然界的生命都是生与死的筛选。而此刻，风暴停息之后，那些仍然可以飞翔的鸟儿就是幸存者，鸣唱里也就有了生的喜悦。

小区路边的一棵香樟树上，昨天还看到两只羽毛长齐的乌鸫雏鸟，挤在被雨打得透湿的巢里，嘴巴撇着，眼睛里满是委屈、无助。那一刻，我似乎看见了很久以前还是孩童的自己，在天将黑时坐在家门外的石墩上，眼巴巴盯着村口的路，等着母亲挑着她的担子，从路的尽头出现。

今天一早，再去香樟树下，发现鸟巢成了空巢，两只雏鸟不见了。中午再去看，鸟巢仍然空着，歪斜在那里。但愿雏鸟没有遭遇猛禽的捕猎，但愿它们在昨天的暴雨之后，已经学会飞翔。

7

小区物业最近修剪了很多树木的枝丫。

下班回家，见路边堆着小山一样的断枝，心里一沉。怎么能在这个时候修剪树枝，现在可是鸟的繁殖期。

不能修剪这些树。在物业管理处，我对管理员说。

为什么？

树枝剪了，鸟就没地方待了。

没关系，我们这小区树多。管理员笑道。

我张开嘴，却突然间说不出话来——我有一个毛病，着急了就说不出话，生气了也说不出话，只把脸憋得通红。

其实我是想说，这个时候修剪树枝，会惊扰到那些正在巢里孵育后代的鸟。

放心，我们只修剪树枝，不碰鸟窝的。管理员明白了我的意思，补充了一句。

可这仍然会打扰那些繁殖期的鸟啊，原本浓密的树枝变得稀疏了，隐蔽的鸟巢裸露出来，对雏鸟是很危险的事。

再说修剪树枝的过程那么吵闹，刀斧的砍伐声，枝丫的断裂声，树木的摇动，对鸟来说不亚于地震，受惊的亲鸟很可能会弃巢而去。

不知道居所阳台外的红叶李树怎样了，是否也被修剪，得赶紧回去看看。

去年红叶李树就曾被修剪过。我刚好在家，听到砍树的声音，起先没在意，等声音很近时，才醒悟过来，去阳台看，红叶李树已经被砍去几根枝丫。

给树木修剪枝丫，对树木来说并非伤害，可我还是接受不了刀斧在树木身上制造的暴力，用恳求的语气制止了工人。

回家查看，还好，阳台外的红叶李树好端端的。

红叶李树上也有鸟巢。我没有看见过鸟巢的样子，但我听见过从树上传出的雏鸟鸣叫，纤细、幽微。

除了红叶李，阳台外面还有几棵别的树。有株水杉正对着卧室窗子，红嘴蓝鹊很中意这棵树，拖着美丽的长尾巴在清晨飞过来。对它们来说，这棵水杉就是它们的庭院。

我将居所安在这里，也是因为有这些树。我喜欢这些树制造的幽谧，更喜欢这些树引来的自然精灵——飞鸟在近处的陪伴。

不知道我的生命还有多长，只希望居住于此的时日里，这些树木能安然无恙地生长、开花，花落后长出叶子，叶子变大，颜色变深，结出果子，然后果子落地，盛夏烈日的光焰在树上燃烧，台风将树木疯狂推搡，雨水将树叶反复擦洗，而后树叶开始飘落，起初落得极慢，像蝴蝶漫游，第一次降温后倏忽落了一地，到了立冬，枝丫上干干净净的，之后是霜雪轻覆，似乎用不了多久，树枝上又鼓出细密的芽苞——这个过程如同一部关于生命奥秘的纪录片，我可以毫不厌倦、充满兴味地看下去，年复一年。

可是，谁知道呢，也许过不了多久，这些树就要被挖出、迁移。就在不久前，小区已经迁移了一些树，据说是住在底楼的住户投诉，过高的树木遮挡了光线。

楼下的房子现在还是空着的，没有人居住，如果房屋的主人住进来，这些树——阳台外的红叶李树——无法避免被砍断树枝或迁移别处的变故。而我对此毫无办法。

不要为还没有到来的变故提前忧伤。现在，此刻，这些树还在这里，它们的浓荫还属于我，鸟儿还在此间停留、筑巢、每日吟唱，那么就安于当下的生活，不辜负自然的馈赠。我住在这里，并不曾带来过什么，我所获得的喜悦，即使微不足道，也都是生命的奖赏。

暮春养蝶记

冬

1

我不知道它们是否还活着。它们看起来很像一种浆果，挂在枝头，不再生长，只等待成熟。

每天晨昏，我会走到它们跟前，用手指碰碰它们。它们会轻微地一扭，像在说，别担心，我好着呢。

有时不动。不动的时候我就有些焦虑，暗暗自责。

它们是我三天前的清晨从野外摘回来的，连同整片苦麻叶子。它们寄身的地方就在叶子背面。

从抽屉里找出细麻绳，将叶子两端打上结，系起来，拎在手里，看起来就像一款原始风格的挂坠。

将它们挂在阳台吊柜的挂钩上，半天过后又取下，移到一盆绿萝上挂着。

它们是有名字的，它们的名字叫作蛹，蝴蝶的蛹。

2

一周前的早晨，在路边，看见几只蝴蝶悬在芭茅草叶上。是刚羽化的黄蛱蝶，两对细足环拥着空空的蛹壳，像一种安静的告别仪式。

蹲下来看，发现芭茅丛里有更多蛹，乳白色和乳黄色，一枚枚，垂悬在叶子的背面。

晨曦柔和的光投射过来，蝴蝶的翅膀浸在光中，灿若金箔。有只蝴蝶似被这光唤醒，细长的触角在空气中划动，头部也跟着摇摆，翅膀微微张开，试探着翕动了几下，飞了起来。

紧跟着又飞起来一只，在芭茅丛上绕了一圈，落到叶尖。可能力气还不够，还需要小憩一会儿，让阳光再晒一会儿。

阳光会晒干蝴蝶翅膀上的水汽，将能量输送到它体内。

更多的蝴蝶飞起来了，并不飞远，只是绕着这一丛芭茅草窠，一只跟在另一只后面，热烈而优雅。

它们在辨识对方，向对方发出爱的信息——这是它们羽化成蝶后的使命，趁着这好天气，由着生命本能的驱动寻找伴侣，繁衍后代，让它们的族群在地球上延续下去。

3

之后的两天我比平常更早出门，径直走向那丛芭茅草窠。和古人守株待兔一样，我等待的是蛹蜕变成蝶的过程。

在关于昆虫的纪录片里我见过这个过程，蛹犹如一只熟透后裂开缝隙的八月瓜（一种野果），从缝隙里先是探出圆黑的头部，接着翻一个筋斗，带着花纹的翅膀从缝隙里咕噜一下滑出，湿漉漉，隐约看见裹在翅膀中间饱满的腹部。

纪录片里，蛹蜕变成蝶只有半分钟。事实上蛹的蜕变需要比这多十倍的时间。

在芭茅丛前守了一个小时，汗滴从额头滚珠般落下，举着相机的手也汗津津的。再守下去我就要晒出油了，离开又不甘心，那么多的蛹，总该有一只发育成熟，隔着薄薄的如同窗户纸的蛹壳，看见外面的光，听见不远处同伴扇动翅膀的声音，蠢蠢欲动吧。

但是没有，那些蛹，一枚枚如同野浆果的蛹，全都静悄悄的，仿佛被集体催眠，没有一只要醒来的意思。

好吧，你们赢了。

把已经发烫的手机关上，悻悻然离开芭茅丛，准备往回走。

长时间的守候也不是毫无收获，虽没看到蛹虫蜕变，却窥见了蝴蝶寻偶与交尾的场景，用手机近距离拍摄下来。

蝴蝶交尾前会有一阵骚动，左腾右挪，翅膀扑扇不止。有时还会有另一只雄蝶飞过来，企图赶走对手，取而代之，这时就会免不了一番混战。

那只迟到的蝴蝶最终还是放弃了，飞走，但并没有飞远，而是向一边刚刚羽化还没有晾干翅膀的幼蝶飞去。

不知道蝴蝶是以什么来分辨同性和异性的，也许是气味吧，记得在某本书里看到过，蝴蝶的触角有很灵敏的嗅觉功能，甚至能接收到伴侣从很远的地方发出的信号，就像无线电接收，这真是很有意思的事。

4

离开芭茅丛，没走几步就看见苦麻地，叶子背面悬着和芭茅上相同的蝶蛹。脑子里一个闪念：不如将蛹采下，带回去养着，总能看到蝴蝶羽化的时刻吧。

小时候村里男孩子就做过这样的事，在野地里捕知了、捉蝴蝶，采下它们的幼虫和蛹，吓唬胆小的女孩。也有孩子养过蛹虫，背着大人，养在屋子的角落里。那时我对软体的、蠕动的、模样古怪的虫类有一种莫名的恐惧，不敢细看，更不敢触碰。恐惧源于对陌生事物的不了解，是心里设置的障碍，消除恐惧的方法是跨过障碍，走近它。

当我开始以自然观察者自居之后，这种恐惧感也就消除了。当别人见我拍摄昆虫，说很可怕的时候，我早已把昆虫当成友伴。一个人怎么会害怕自己的友伴呢，再说它们那么弱小，毫无攻击性。

带着一片结有两只蛹的苦麻叶回家，安置好，紧接着打开电脑，查询怎样养蝶蛹，还真查到了答案——蝶蛹适宜的温度

在 25℃ ~30℃，保持空气湿润，不过于干燥就可以了。

5

两只蛹采回来已有十天，蛹的颜色明显加深，乳黄转成锈红。看来它们已发育成熟，很快就要羽化成蝶了。

除了颜色的转变，外形并没有什么变化，没有变大也没有变小，如果我不触碰它们，它们也绝不动一下，仿佛故意伪装成没有生命的东西，让外界忽略它们的存在，好在毫无抵御能力的状态下，安然地由蛹成蝶。

如此看来，蛹也是有智慧的，它的智慧就是静默。当身处不能自我保护的境地，就保持静默，赢得时间，在生命的内部悄悄生长，发生本质的转变，长出美丽的、可以带自己飞起来的翅膀。

我用手机给即将化蝶的蛹拍了照片。拍照是为了记录，当不能及时用文字记录时，就先用影像记录着。

这天我几乎没有出门，生怕错过蛹破壳的时刻，然而一天过去，并无动静。

到了夜间，临睡前，两只蛹还是没有动静，用指尖触碰也不扭动。无法知道它们此刻的状况，什么时候会破蛹。出于生命本能的警惕，它们很可能会在夜里裂开蛹壳。白日醒着的，此时都在沉睡中，这是鸟兽与人类都在酣眠的时刻，对它们来说，也是更为安全的时刻。

6

夜里下起大雨，清晨停了。

醒来后一个激灵，想起阳台的蛹，赶紧起床，去阳台，见一只小小的黄蛱蝶，抱着已经空了的蛹壳，一动不动，仿佛之前耗尽了力气，需要在假寐中蓄养精神。

心里一喜，又略觉遗憾：终究还是没有见到蜕变的过程。

另一只蛹还没有破壳的迹象，这有点出乎我意料，原以为两只蛹会同时成蝶，就像有过约定，不然干吗要挨得这么近呢。

我的料想不过是主观的臆想。这两只蛹结在同一片叶子上，不过是偶然；被我采了回来，也是偶然。就连它们能否完成最后一次蜕变，顺利成蝶，也完全凭借运气，或者说偶然。

并非每一只蛹都能顺利地蜕变成蝶。在野外常见到这样的情景，一只已经枯萎的幼蝶，身体一半露在外面，一半卡在蛹壳里。当它不能及时从蛹壳里脱身，就会窒息而死。

也有一些蝶蛹，在挣脱蛹衣成为蝴蝶后，扇动翅膀的刹那，就撞进一边等候多时的蜘蛛网里，徒劳地挣扎着。

还有更多的蛹，没来得及变成蝴蝶就进入天敌的胃囊。鸟就喜欢吃蛹虫，对鸟类来说，蛹虫是天赐的美味，富有营养，得来又毫不费力。一只雌蝶能产下五百多枚卵，最后存活下来的不过百分之一。这也是大自然维持生态平衡的法则吧，这世界不能没有蝴蝶，也不能有太多的蝴蝶，以致泛滥成灾。

7

小蛱蝶在阳台待了半天，近午，才在我的“驱赶”下飞走了。

原以为它晾干翅膀就会飞走，可我一次次去阳台看它，发现它仍保持着早晨的姿态，翅膀偶尔打开，又合拢，静如处子。

莫非它在等待身边另一只蛹，等它蜕变后一起飞走？

我知道自己的臆想症又犯了。但是谁知道呢？好不容易有了翅膀，却不飞离，总是有原因的。

也许它在等待一阵风，为它的初次飞行助力。

阳台上是有风的，只是风力不大，要么把它移到阳台外面去吧。

黄蛱蝶的生命最长不过一个月，不像人类，可以活很久，有足够多的时间去浪费，无所事事地虚度。这么短的生命是经不起浪费的，它必须得离开阳台，去飞，去寻找花朵、吸食花蜜，趁着好天气在阳光下恋爱，去过一只蝴蝶应该有的生活。

阳台外的晒衣架上有挂钩，将系着麻绳的苦麻叶子挂上去。打开手机的摄像功能，对准它，想拍下它飞起来的瞬间，手举酸了，它的翅膀也没有打开。

想了想，从屋子里拿出扇子，对它扇风。阳光有了，风也有了，万事俱备，小蛱蝶总该可以飞了吧。

小蛱蝶果然打开了翅膀，缓慢地一张一翕，触角开始摆动起来，眼珠子似乎也有了灵气，不再木愣愣的。

赶紧放下扇子，重新举起手机。半分钟后，小蛱蝶尾部喷射出白色的乳浆，随即飞起——哈，这小东西，竟然还有这一招。

在它飞离的一瞬，另一只蛹突然用力扭动起来。

次日清晨，去阳台，看见和前一日相同的情景：另一只蛹也已经破壳，正在假寐。

如此看来，蝴蝶的蜕变确实是在夜里完成的，也因此它们的美才更为神秘吧，仿佛是超自然的力量，使它一夜之间摆脱之前丑陋又笨拙的形体，拥有了只有天才设计师才能设计出的翅膀。

两只蛹都已经成蝶了，季节也由春过度到了夏。

野外，阳光变得强烈。那片芭茅丛上，已经见不到一只蝶蛹——半个月前还有那么多的蝶蛹，现在只零星地剩下几枚蛹壳。偶尔飞过来一只蝴蝶，像是匆匆路过，也像是在寻找一件记不清是什么、又很重要的东西。

附：浦溪河初夏之歌

立夏已过，小满将至。门前的枇杷由青转黄，屋后的蜀葵高过人头，这些都是让人愉悦的事。

这时节最愉悦的事情，还是去浦溪河边听布谷鸟的歌吟。

布谷鸟就是大杜鹃。今年第一声布谷鸟鸣是立夏那天听到的，彼时我正步行于上班途中，马路上车来车往，对面是施工中的工地，我的耳朵却敏感地捕捉到高处回荡的钟声——布谷、布谷……两声一度，清晰而有穿透力。

真好啊，又听到一年的布谷鸟鸣。

停下来，仔细分辨鸟鸣的方向，脚步下意识地朝着那方向走去。乡间长大的人，对布谷鸟的鸣声有天然的亲切感，犹如来自故乡亲人的呼唤，能给心灵带来温暖妥帖的慰藉。

如果此刻有人看到我，会觉得我的神色行迹很令人费解——眼睛望向没有边际的虚空，脸上的表情忽而专注，忽而茫然，脚步也是时而坚定，时而迟疑，从一棵树走到另一棵树，从西走到东，绕了一大圈后，终于停下来。

我像一个试图在风中捕捉羽毛的人，羽毛飘飘悠悠，眼看着就要落到手上，不知从何处吹来一阵风，又将羽毛送向更远的高空——那只布谷鸟，它并非停在某棵树上，它是一边鸣叫一边飞行的，当我循着声音寻找它的方向时，它又飞到别处去了。

这时节频繁听到的还有四声杜鹃的鸣声，早晚都能听到，有时天还没亮就听到它的催促：布谷布谷、快快布谷……

四声杜鹃的鸣声比布谷鸟的鸣声略早出现，我做了记录，今年第一次听到四声杜鹃的鸣声是谷雨后的第九天。

在有些地方，四声杜鹃与大杜鹃统称为布谷鸟，这没什么说不过去的，它们实在太相似了，同为杜鹃属，鸣声又高度相似，都有穿透时空的力度，只不过一个听起来是个急性子，一个听起来从容不迫、安稳镇定。

我生长的村庄把四声杜鹃叫作发棵鸟，拟声的叫法，也取吉祥的意思。我乡的方言里，发棵就是生儿育女、散枝发叶的意思，给新人道贺词时，会模仿四声杜鹃的鸣叫，一迭连声地说：赶早发棵，赶早发棵啊。

在与皖南交界的浙江，四声杜鹃则被叫作家家宝宝。家家宝宝，也是拟声的叫法吧。这叫法听起来太嗲了，有宠溺的味道。据说这么叫它是因为当它出现在村庄，正是家家户户采桑养蚕的时节，那懒洋洋的蚕宝宝，就是在它鸣叫声的鼓动下，不停地吃着桑叶，日日吃，夜夜吃，一天天长大。

纷纷红紫已成尘，布谷声中夏令新。

夹路桑麻行不尽，始知身是太平人。

读陆游的这首《初夏绝句》，在淳朴又清新的鸟鸣声里站立，觉得自己真是个幸运的人。

要知道并非所有地方都能听到这如同田园诗歌的鸟鸣，也并非所有鸟鸣都能进入人的耳朵。当一个人的心灵被尘世杂音堵塞，耳朵也会跟着失聪，很难听到来自大自然的美妙之音，丧失的不仅是听觉的享受，还有内心的安宁。

斑嘴鸭一家

五月第四个周末。

今晨运气真不错，出小区大门，就在路边的苎麻丛中见到一群刚羽化的蝴蝶，梦游般缓慢低飞，少顷，又落在苎麻叶子上，怕冷似的彼此紧挨着。

我出门时太阳还没有出来，空气还有些微的凉意。那些蝴蝶从蛹壳里脱身不久，翅膀还是潮湿的，飞不动。等日光破空，晨雾散去，它们就会活跃起来，在暖阳下双双对对地飞走。

走到浦溪河边，远远看见河心两三只斑嘴鸭。将手中的相机打开，对准它们，等它们飞起来的瞬间按下快门。等了好一会儿，它们还是没有飞起来的意思。

这清晨大好时光，我可不想就这样傻等着，还是去别处碰碰运气吧。收起相机，正准备离开，却见近处一丛水

草摇曳不止，从里面游出一只大斑嘴鸭，又游出一串小葫芦娃。

小葫芦娃是斑嘴鸭的孩子，刚出壳不久，绒球一般浮在水面。一、二、三、四、五——总共五只。

显然，大斑嘴鸭是想带着它的孩子们逃离此地。它们方才的隐身之所离我太近了，不过七八米的距离。这时从田里又飞来几只灰头麦鸡，在头顶盘旋，神经质地嘎嘎大叫，像是驱赶我，又像在警告斑嘴鸭：快逃，快逃，这人手里有武器，很危险，赶紧逃。

如果是往常，大斑嘴鸭肯定一拍翅膀，从水里飞走了。而现在它不能飞，不能丢下孩子独自逃生，只能在水里和小斑嘴鸭一起游着。

小斑嘴鸭游得太慢了，懵懵懂懂，三心二意，要么落在后面，要么游出了安全范围，大斑嘴鸭只好放慢自己的速度，嘴里不时发出鸣叫，招呼这个，催促那个，努力将孩子们拢在身边，向河心游去。

简直天赐良机，怎能错过。举起手里的武器——相机，对准这一家子，连按快门。

斑嘴鸭天生一张喜剧演员的面孔，无论多么惊慌、焦虑，表情看起来依旧乐呵呵——就连发出来的声音也像是愉快的笑声，不像灰头麦鸡，一叫起来就不得了的样子，看谁都像是强盗，充满警惕。

灰头麦鸡警报样的大叫惊动了附近另一家子——也是斑嘴鸭，从隐身的水草里游出，排列着队伍，向对面游去。

这一家的孩子数量有点惊人，数了数，居然有十四只，看体型已然是少年模样了。大斑嘴鸭游在后面，不紧不慢，那阵势，像是老师护送一个班级的孩子走路去上学。

今年浦溪河的斑嘴鸭数量明显多于往年——也许往年它们也是很多的，只不过我没有关注到。事情往往是这样，当你关注什么的时候，你的眼睛就能看见什么。

今年浦溪河的布谷鸟也多于往年。近一个月，只要走到河边，就能听见布谷鸟的鸣叫，有时是我跟随着鸟鸣，有时是鸟鸣跟随着我。

今天早晨，在近距离拍摄斑嘴鸭的一家子之后，又听到布谷鸟那穿云破雾的歌声。就在同时，河面明亮起来，阳光从天而降，万物生辉如同新生。

难得的是还看到了神秘的布谷鸟——在此之前，只是听到它的声音，见不到模样，仿佛它是透明的，随风赋形。

举起相机，对准天空扑扇着翅膀的布谷鸟时，发现它后面还跟随着一只——应该是它的伴侣。

布谷布谷、布谷布谷……其中一只边飞边唱，声音如同金色的稻谷种子，从空中撒落下来。另一只则默默跟随着，在河流上空飞了一圈，在水田上空飞了一圈，又向村庄边的树林飞去。

野鸟的名字

节气到了小满，十字畈田间的鹭鸶就多起来了。

正在翻耕的水田成了鹭鸶赶赴的市集，从四面飞来，簇拥在嗒嗒作响的犁地机周围，毫不畏惧。对鹭鸶来说，犁地机不过是脾气有点急躁的厨师，大声咆哮着，从泥土下为它们端出泥鳅、蝌蚪、田蚌这些肥美的点心。

当犁地机调转方向，鹭鸶就纷纷飞起来避开，翅膀在空中免不了相互碰撞。守在一边拍摄的我，期待的正是这富有生趣的场面。

灰头麦鸡也夹在鹭鸶中间，双目圆睁，看着四周，担任着警卫的职责，见到有人走近，就尖声大叫着飞起。对于灰头麦鸡的报警，鹭鸶不以为然。美味当前，哪里还顾得上别的。翻耕季对鹭鸶来说就是一年一度的美食节，放开胃口，只管享用便是。

与鹭鸶一道参与这宴席的还有丝光椋鸟。丝光椋鸟的体型小于麦鸡，大于家燕，喜欢群体出没，当它们从地面腾空而起，就是一条浪花翻飞的银河。

这幕水田野宴的场景，去年初夏就曾见到过，那时我还叫不出丝光椋鸟的名字，也分不清牛背鹭与白鹭、池鹭与夜鹭之间的区别，把灰头麦鸡错认为长脚秧鸡，把小鹏鹏错认为斑嘴鸭的孩子，把棕背伯劳当作松鸦。至于其他日常见到的飞禽，多半也是不知其名，只含糊地统称它们为野鸟。

大约是从去年此时开始，我有了这样的愿望：去留意居所附近日常所见的鸟类，通过拍摄观察它们的生活，把它们当作友伴，聆听它们的声音，叫出它们的名字。

当我听从内心去做的时候，才发现，原来生活的周围有那么多充满灵性的可爱生命。我仿佛在熟悉的地方发现了另一个王国的存在。

这个王国一直就存在着。我的童年、少年、青年和现在，从未曾远离过这个王国。当我局限在人的躯壳，深陷在人的生活，烦恼于人的烦恼，这个王国就变得很小很小，甚而被忽略。而当我把自己从人的逼仄世界里拉拽出来，融入万物之中，那将我与天地自然隔开的围墙也就消失了。我不再只是一个“人”，我成为我看见的一切，生命的边界由此打开和拓宽。

这一年最快乐的事就是认识路上遇见的鸟。每天早晚出门行走，目光会下意识地寻找它们，用相机拍摄，再依照图片提供的线索，上网查找它们的名字。查到后写进笔记里，下次重逢，就可以像朋友一样叫出名字了。也有突然忘记的时候，使劲想也想不起来，走着走着，又想起来了，在心里欢喜一阵。

每只鸟都有各自固定的活动区域，因此我总是在相同的地点遇见同一只鸟，听到同样的鸟鸣。这是很有趣的事，仿佛那只鸟有意在那等着我，和我打招呼，这让每天早晚的漫步有了赴约的意味。

一年的拍摄和观察，我差不多拥有了一张居所五公里之内鸟类的活动地图。这可是了不起的收获。只是我不善于图形的绘制，无法把这张图拿出来与人分享，我能拿出的就是这一年书写的自然笔记，这是另一种绘图方式——

将看见的、感受的、认知的以及在心灵留下痕迹的，用具有画面感的文字去记录和呈现。

除了鸟类，这一年我观察和记录的还有浦溪河的生态、田野常见的昆虫以及皖南乡村的生活场景。“只要满怀真情地去观察我们所居住的附近，例如有时哪怕是庭院里的一棵树、一片叶，也会使人体悟到生的根源和意义。”这是日本画家东山魁夷说过的话，而我多年来的写作也正立足于对身边自然事物的观察，让写下的每一行字都和脚下的土地连接，接受其教诲，由此获得生命的启迪与心灵内在的宁静。

斑鸠之歌

五月的最后一天，醒来听到窗台上斑鸠的咕咕声。不远处，另一只斑鸠也以同样的鸣叫回应它的伴侣。

这对夫妇在我的窗台上落户已有一个月，为了让它们安心在此养育后代，这一个月里卧室的窗子没有打开过，纱帘也时常拉着。起初总忍不住隔着纱帘偷窥它们的动静，用手机录下它们的鸣叫，几天后，我尽量让自己不再惦记它们。过度的关注也是一种打扰，保持疏离方得自在，人与人之间如此，人与鸟之间也是如此。

当然我并不能真的忘记窗台上的近邻，清晨醒来，会习惯性地屏息聆听，斑鸠夫妇安详的对鸣声有种神奇的镇定力，让整个世界都浮在宁静的光里。这种感觉在我还是

孩子的时候也曾有过——清晨醒来时，如果听到父母在隔壁房间的轻柔对语，就觉得此刻光阴真是美好，又安静又幸福。这种幸福让我舍不得睁开眼睛，担心一睁眼就会变成幻觉，化为乌有。

从鸣叫声的距离分辨，另一只斑鸠似乎就蹲在窗户对面的香樟树上，离抱窝的斑鸠很近，当伴侣在窝里发出呼唤，香樟树上的斑鸠就以同样的声音应答着，仿佛在说，我在这，我在这。

在窗台上落户的前十天，斑鸠夫妇是夜不归宿的，直到早晨才飞回来，有时整天整夜不见影子，让我颇为不满，以为它们并不诚心想在这里落脚。后来才知道，这是斑鸠的一贯做派。要等到产卵之后，斑鸠才会安心待在窝里，夫妇俩轮流值班孵卵。

当斑鸠开始抱窝孵卵时，它对我的存在就不再那么敏感了。斑鸠安静地卧着，我在阳台上进出走动，偶尔透过窗玻璃看过去，斑鸠会从容地面向我，仿佛我是它的家人。这种信任让我颇为感动。

斑鸠的孵化期为两周半。近几日，清晨聆听斑鸠的鸣叫声时，我会仔细地辨别，是否有雏鸟稚嫩微弱的声音——算起来斑鸠夫妇的抱窝期已有三周，它们的孩子应该已经出壳了。

前几日都是下雨天，今天转晴。上午十点，阳光甚好，在阳台洗完衣服，突然觉得有点不对劲，周围太安静了，安静得不同往常。抬头，透过窗玻璃看向斑鸠窝，果然，窝里空空的，斑鸠夫妇俩一个都不在，这是很少有的，自从孵卵之后，还没有过斑鸠离窝的事。

要不，趁着这个机会看看小斑鸠出壳了没有。心念一起，就按耐不住了，迅速走进卧室，拉开纱帘，打开关闭了一个月的窗玻璃，在爬上窗台前又迟疑了一下，观察对面的树和屋顶，没有斑鸠夫妇的身影。想来也是大好天气的召唤，让它们飞出小区，到田野里寻食去了。

窝里有两只斑鸠雏鸟，正埋头大睡，看样子出壳不过两三天，小小的身体随着呼吸起伏颤动，仿佛两个裸露的心脏在振动。

小东西，欢迎你们在此出生，愿你们能顺利地长大。

用手机给雏鸟录了半分钟的视频，重新关上窗子，拉上纱帘。

斑鸠雏鸟从出壳到离巢大约需要半个月。这半个月里，我仍然可以在每天醒来时，隔窗聆听斑鸠之歌，咕咕咕，咕咕咕……天地安详静谧，万物生生不息。

大地画卷，自然之诗

芒种节未至，皖南已入梅。

今年的梅雨季来得略早，比预期的时间提前到达，令人有点措手不及。

十字畈的村野，插秧的农人大清早就下到田里，六七人排成一行，头上戴着草帽，脚上套着水靴，腰深深地弯着。

农人身后是马头墙的白房子，房子后面是青山。夜里下过雨的缘故，此时山间云湿雾重，在低空缓慢漂移，随时会变成雨点落下来。

尚未插秧的田里蓄满了水，倒映着山色云影。一位农人拿着木耙在耘田，远远看着，倒像是提着画笔在作画。

天地都是静的，只有人和云在其间移动。

移动的还有白鹭的身影，从山间飞出，落在明晃晃的水田里，片刻又飞起，向另一边的水田飞去。

插了秧苗的水田如同写满诗句的宣纸。那些诗句，每一个字词标点都有生命，含翠欲滴，落地即生根，滋滋滋，寂静又贪婪地吸着水。

大地画卷，自然之诗，这个时节的皖南是迷人的。

梅雨前后也是雏鸟长成试飞之时。马路的人行道，时常看见倾巢而出的乌鸫、黑领掠鸟、丝光掠鸟、斑鸠、八哥，一只跟着一只，排列齐整，仿佛一家子出来郊游。走在前面的亲鸟时而停下，嘴在地上啄着什么，后面的雏鸟就模仿着，也在地上啄来啄去。

雏鸟的羽翼已经长齐，体型和亲鸟不相上下，只是鸣叫声还是稚嫩的，透着依赖和胆怯。见到有人走近，或有猛禽在天空盘旋，在队伍后护卫的亲鸟就发出警报，领头的亲鸟赶紧向路边的灌木丛钻去，雏鸟紧随其后，缩着小脑袋，跌跌撞撞钻进灌木丛。

行道树的树枝上也有雏鸟，孤单的一只，或两三只结伴，紧抓绿叶枝条，目光怯生生，左顾右盼，像个刚出门

还辨不清方向的孩童。守在近旁的亲鸟飞过来，嘴里衔着虫子，雏鸟撒娇般地迎过去，叽叽叫着，嘴喙大张，向亲鸟索食。本以为雏鸟能如愿以偿，不料亲鸟转过身，尾巴一抬，翅膀扇开，飞向另一棵树。雏鸟迟疑片刻，张翅跟着飞了过去。

庄稼地也是雏鸟练习生活技能的场所，这个时节的瓜藤菜叶上幼虫极多，松软的泥土里蚯蚓也很多，雏鸟跟在亲鸟后面，东啄啄，西扒扒，很快就学会了如何捕食。

等雏鸟的翅膀完全长硬，离开亲鸟独自生存之后，在林中相遇，彼此是否还会认得？这是鸟类的秘密，也是大自然的秘密，只有怀着好奇又敬畏的心，深入其间孜孜探寻的人才能解开吧。

不畏风，不畏雨

窗台上的斑鸠雏鸟很安静，从出壳到现在已近两周，还没有听到过它们的鸣叫。

大斑鸠回巢时，会发出轻柔的咕咕声，像是在招呼孩子们：我回来啦，快过来，我这有好吃的。两只小斑鸠闻声而动，挤到大斑鸠身边，扬起毛茸茸的小脑袋，长喙插进大斑鸠的口腔里。

大斑鸠蹲着，将雏鸟拢在胸前，用力呕出储存在嗉囊里的食物，喂给雏鸟。

喂食过程有两三分钟，在这过程里，两只雏鸟的嘴喙

始终被大斑鸠噙着。大斑鸠的口腔就是雏鸟的餐厅。

雏鸟出壳的第一周，大斑鸠喂食时头部向下低垂，像是对两个孩子深情而长久的亲吻。进入第二周后，雏鸟的体型明显变大，力气也大了许多，动来动去，小翅膀扑腾着。大斑鸠喂食的姿态就显得有些费劲了，不时调整身体的位置，保持重心平稳，头部一伸一缩，那样子像是要把五脏六腑全部呕出，喂给雏鸟。

到第十天，雏鸟的羽翼基本长成，体型也只比大斑鸠略小。雏鸟将尖长的喙扎向大斑鸠的瞬间，大斑鸠禁不住身体后退，头左右扭着，仿佛在忍受极大的痛楚。

有时大斑鸠脖颈扭动的幅度过大，时间过于长久，在一旁偷窥的我就免不了焦虑，担心两只雏鸟的脑袋卡在大斑鸠嘴里，拔不出来。

好不容易，雏鸟的脑袋脱离了大斑鸠的口腔，大斑鸠松了口气，我也跟着松了一口气。大斑鸠很快飞走了，两只小斑鸠吃饱喝足，咂咂嘴，很亲密地挤在一起。

雏鸟出壳的第一周，大斑鸠除了觅食的时候飞出去，多数时间待在巢里。这时的雏鸟就像那些刚出生的婴儿，除了吃就是睡，柔软又脆弱，需要亲鸟的看护。

到第二周，大斑鸠留在巢里的时间就很短了，只在喂食时飞回，喂完又飞走。

雏鸟的生长简直像是变魔术，一天一个样，食量也惊人，大斑鸠得不停地觅食，将嗉囊填满，喂给雏鸟。

在喂食与觅食的间歇里，大斑鸠就在窗子对面的香樟树上歇着，黑眼珠子瞅着窗户，用目光守护孩子。也有时候，看不见大斑鸠的身影，只听见咕咕咕的鸣叫，那是在用声音传递信息，告诉它的孩子们，自己就在近旁，不用害怕。

雏鸟进入第二周的生长期后，有了自卫意识，当我爬上窗子，将手机伸过去，靠近它们拍摄，雏鸟会发出冷战般细微又坚硬的咯咯声，支棱起还没长齐的幼羽，嘴喙愤怒地啄过来，又啄过来。

好孩子，勇气可嘉。

两只雏鸟的脾气还真不小，轮番猛啄我的手机，一副齐心协力保卫家园的气势。

好吧，不惹你们了，乖乖的，安静下来，我这就撤。

这两天，斑鸠雏鸟已开始在窗台横栏上练习站立，要不了多久——也许明后天——两个小家伙就要出巢了。

天气预报说这几天将有大雨，但愿斑鸠雏鸟能顺利完成它们成长的最后一步，就像日本作家宫泽贤治的一首诗歌：

不畏雨
不畏风
也不畏冬雪和酷暑
有一个结实的身体
无欲无求
绝不发怒
总是平静微笑

……

放下执念

红叶李树上的果子熟了，阳台外，大清早就有一对白头鹎飞过来，先在枝头跳一阵子踢踏舞，弄得果子颤巍巍摇晃不止，玩够了，选一颗果子，伸过小脑袋，又狠又温柔地啄一口，再啄一口，之后索性把嘴喙扎进果肉里。

今年的红叶李果子少了许多，树枝也是稀疏的——一个多月前，小区大动干戈地修剪树木，这几棵红叶李树未能幸免，每根树枝都被砍去半截。一个“举”字被拿走了上面的“兴”，剩下的部分不忍直视。

砍断的树枝落下来，来不及成熟的果子落下来，砰砰、咔咔、噗噗噗……听着这疼痛的声音，心直往下沉，身体也跟着疼痛起来。

我没有能够拦下砍断树枝的刀斧。这些树木，虽被我视为亲人，但它们并不为我所有，它们是小区的公共资源，归物业管理。

物业说树木长得太高了，挡住了光线，得喊人来修剪，门卫室的保安就把这活揽下来了。

没关系，我不需要光线，我只要这些树好好地长在这里。我跟手里拿着斧头的保安商量着。

你不要光线别人要啊，不能只满足你一个人。

楼下没有人住，这几棵树长在我家阳台外面，挡不了别人家。

楼下终归会有人来住，到时候还是要修剪，说不定还要移走。

就算是要修剪，也要请专业的人来干这活，这样乱砍一气，小区成什么样……

听我这话，保安涨红了脸，斧头挥得更快了。

别难过，很快就会长起来的。邻居见我杵在一堆树枝边上，着急上火要哭的样子，安慰道。

那之后的一个月，我没有在阳台上坐下来过，也不敢直视阳台外被削了顶的红叶李树（太难看了），耳朵里总是听到树木断裂的声音，情绪一直低落着。

对不起，我没有能够保护好你们。

在心里我一遍遍地对那几棵树念着这句话。

可是，修剪树木这样的事，对树木来说，算是伤害吗？

小区里那么多树都被修剪了枝丫——紫薇和晚樱砍得只剩下光秃秃的一截主干，为什么我只对阳台外的红叶李树感到抱歉。

是我对美和拥有之物的执念太深，才会有这种自责和悲哀吧——因为喜爱，因为日复一日的陪伴和关注，便以为这几棵红叶李树为我所有，别人动了它们，改变了它们在我看来的“自然和理想的状态”，就觉得受到了伤害。

还是放下执念吧，不要为必然会改变之事烦恼。不论是这些树，还是生命中别的重要的人和物，总有一

天，它们是要改变模样的，离开或者消失。在这个世上，一个人除了自己的内心，很难守住什么，也不能拥有什么——有时候你以为自己拥有了什么，不过是你成为拥有之物的奴役。

树木对于伤口的修复力比我想象的要强健得多，一个月的工夫，那砍断的树枝周围又生出了新的嫩枝，一簇一簇，齐刷刷地站立在那里，太阳下有着火焰一样的光芒。幸存下来的树枝上，果子看起来也比往年大一些，这也是得益于修剪的结果吧。

转换了心境之后，再看阳台外的红叶李树，就没有那么难过了。原来红叶李树后面还有一株香樟、一株木槿，之前我完全没有注意过它们的存在，现在，在红叶李树降低了一半高度之后，它们进入了我的视线。这个季节正是木槿的花季，淡紫的花朵清静端丽，朝开暮落，不悲不喜。

果树的食客们

这几日红叶李树可谓食客盈门，走一拨来一拨，走一拨来一拨，简直把这里当成了全天候自助餐厅。有时好几拨客人聚在同一根树枝上，各取所需，彼此倒也相安无事。

这些食客里我认得的有白头鹎、绣眼鸟、领雀嘴鹎、乌鸫、灰掠鸟。

白头鹎每回来的时候都是一对儿，一只紧跟着另一只，像那些须臾不可分离的小恋人，吃饱喝足，又一起飞走。

白头鹎的另一个名字叫白头翁。在我们乡间，常把那些懒惰成性的人比作白头翁，教育孩子时也拿白头翁做反面教材——这也学不好，那也不想学，好吃懒做，到头发白了还是一事无成。

可真是冤枉了这鸟，人家那是天生如此——后脑勺生来就有一圈白发（其实挺酷的），和懒惰完全没有关系。

绣眼鸟的体型极小，站在红叶李树果子中间，也不比那些果子大，若不是它的小脑袋转来转去，真像是一枚树叶子。

绣眼鸟有时单独飞来，有时一家子四五口全飞过来，也不吵闹，静悄悄地，吃一口果肉，抬头看一眼周围，发现阳台上有人站着，离它很近很近，也不惊慌，不像别的鸟那样赶紧飞走，仍旧低头吃一口果肉，抬头煞有介事地看人一眼。

绣眼鸟的眼睛外围有一圈白色绒状短羽，好似戴着一副白框眼镜，又似化了一种很特别的眼妆，平添几分俏皮与秀气。绣眼鸟不仅吃果肉，也吃那新冒出来的嫩叶芽儿。春天红叶李树开花时，也见过绣眼鸟来吃花——不，是吃花蕊里的虫子。绣眼鸟的嘴细长，轻易就能伸进花蕊，小脑袋对着花朵低垂，看起来就像在细嗅花朵的香气，姿态颇为动人。

一个多月前，第一次在小区用相机拍摄到领雀嘴鹎后，就经常看见这种鸟。原来领雀嘴鹎并非稀有，而是像乌鸫和斑鸠一样，随处可见，以前之所以不认识，是因为没有仔细留意过，也不知道它的名字。

可见拍摄对于认识鸟类是如此重要。也不仅是鸟类，别的事物也是如此——相比那些没有被拍摄过的，人总是更容易记住拍摄过的面孔和场景。拍摄需要凝视，而凝视的过程强化了记忆。

领雀嘴鹎和白头鹎的体型相似，背羽也是一样的橄榄绿，比较明显的区别就是头部和胸腹的羽色——领雀嘴鹎头部是黑色的，胸腹的羽色是暗绿，而白头鹎的胸腹是灰白色。

乌鸫很少飞到树上吃红叶李的果子，也很少带着伙伴一道来进食。乌鸫更喜欢独自在树下转悠，吃落在地上的熟果，偶尔飞到树枝上，发现我正注视着它，就“吉雅”一声，随即飞走。

乌鸫善鸣，会很多种腔调，几乎所有的鸟鸣都能被它模仿，很难弄清它原本的鸣声是怎样的——也许就是这一声短促的“吉雅”，毫无表演的成分，完全出于本能。

灰掠鸟和乌鸫相反，从不单独出现，一来就是一大家子，有次甚至把刚出巢的一窝雏鸟也领了过来，数不清是五六只还是七八只，挤在比较隐蔽的矮树枝上，喊喊喳喳，发出向亲鸟求食时特有的鸣叫声。

在这众多的食客里，唯有灰掠鸟是在进食时会鸣叫的。别的鸟都很安静，悄没声儿，如果不是看见树枝摇来晃去，根本不知道有鸟儿在那里进食。而警惕性最高的也是灰掠鸟，不等我在阳台站稳打开相机，它们就呼啦啦飞走了，快速扇动的翅膀如同旋转的小风车。

昨晚刮了一整夜大风，今早起来，去阳台看红叶李树，枝头上的果子稀疏可数。有一根树枝断裂在那里——是被风折断的吧。

再过两天，树上就该干干净净，一颗果子也不剩了。而接下来，鸟鸣也会变得稀疏，盛大起来的将是夏日蝉鸣，河流一样，大雨一样，在空中绵延不绝。世界深陷其中，无边的喧哗，无边的寂静。

蝉歌人间

（后记）

立秋后的第二天，台风降临。

台风携来风和暴雨，一场交战之后，盛夏在满地落叶里离开季节的门槛。

这是我生命中第四十八个夏天。我不知道这个数字是长是短。相比只能拥有一个夏天的蝉，这当然是长的，而相比山中能活上几百年的树，这又是短的。

我的祖母和外婆在人间活了五十九个夏天。小时候觉得这个数字太短了，让我隐隐恐惧，仿佛一道阴影横亘在那里。现在看来，其实也不算短。以她们早已破败的肉身和沉船样的生活衡量，五十九已是极限的数字，无法再承载更多了。

我的母亲也曾经恐惧过，在五十九岁之前。她焦虑，沮丧，脆弱不堪，觉得自己很难突破这个数字。而这之后，母亲渐渐放松了对时间的警惕。不知道母亲是否有这样的感觉：在跨过了五十九这道魔咒般的门槛后，每一天的到来都是余生，是上天加赠给生命的假期。

如果母亲能有这样的觉知，她就会比较容易获得幸福。至于我，很早就有这样的感觉和认知了，早到已不能准确说出究竟是哪一年。

三十岁，我在日记上写下加缪的一句话：“在隆冬，我终于知道，在我身上有一个不可战胜的夏天。”

隆冬就是死亡的威胁，而夏天就是复活的力量。

人的一生应当不止一次出生，也不止一次死亡。第一次的死亡来得越早，再生就会来得早一点。这再生的生命将属于你自己，你将像蝉的若虫一样，在蜕变后，拥有与之前完全不同的生命。

不是每一种死亡都能顺利地摆脱旧躯壳，复活，再生。再生需要能量，也需要运气。

曾在纪录片中看到蝉蛹蜕变的过程——若虫从泥土下爬出，缓慢地爬上一棵树，抓紧树皮，背部的壳渐渐裂开一道缝隙，脑袋从缝隙中挣出，接着是三对细足。幼蝉的上半身悬空着，奋力将躯体向后仰、再仰，仰成倒挂的角度，让尾部从壳中挣脱出来。

一些蝉的若虫羽化成功了，挣脱了壳的束缚，吸收阳光的热能，让翅膀迅速生长，变得坚实有力，可以带它飞翔。而有些若虫，刚从泥土下爬出就被蚂蚁围攻，成为蚁群的食物。

看到蚁群排着队，涌向蝉的若虫，我的身体也有被咬噬的痛感。我无法憎恨蚂蚁，这是自然法则的安排。我只是为若虫悲哀——在泥土下幽闭了那么久，从没见过阳光，没有发出过声音，就永远失去了原本可以拥有的、能够热烈鸣唱的夏季。

整理这部书稿时，发现自己多次书写到蝉。诗歌里也是——偶尔翻开新出版的诗集，隐居其间的蝉歌就溢出来。

为什么会这么频繁地写到蝉，难道在我的生活里就没有别的声音？只有蝉歌这单一又不知疲倦的声音贯穿始终？

是我的听觉对蝉歌比较敏感吧，总是能在漂浮于空气的声音里捕捉到。当你对什么敏感的时候，你就能在纷纭的事物中感知到它，看见和听见它。而当你失去这种敏感，即使身在其间也惘然无知。

对蝉歌比较敏感的原因在于，我一直就生活在大自然的事物之中。蝉是我无法忽视的近邻，看不见它，但我知道它就在那里，从清晨到黄昏，用它银亮、宽阔又寂静的歌声充盈着我。

约翰·巴勒斯说：一个人生活的自然环境最终会构成他自我的一部分，他已经把自己播撒在大地之上，他的情感思绪与之息息相通。

当我用一本书的容量写下浦溪河边生活的一年，写下与我一起居住在这里的昆虫、鸟类、庄稼与草木，写下河流两岸村庄的烟火气味，我就成为这条河流的一部分了。

夏天离开，但夏天并没有走远，它还会回来，在台风退下之后。

没有一种离别是那么轻易的，斩钉截铁的。每一种离别都要经历再三的犹豫、牵扯和徘徊。

而秋天的到来也不是在夏天离去之后。秋天早就来了。在夏天的盛宴最热烈时，秋天就装扮成一丛百日菊、一只红蜻蜓、一树马褂木的黄叶子，还有蟋蟀弹奏的小夜曲，悄然到来。

秋天潜伏在盛夏众多的事物之中，也潜伏在一个看起来很强壮的人的身体里，在他不在意的时候，袭击他，让他在一夜之间疼痛、衰老。

秋天是盛夏的密探，也是盛夏的叛徒。但秋天也眷恋着夏天，模仿着夏天。

蝉的吟唱就是秋天眷恋夏天的证据。无处不在的蝉歌，并没有因为夏天的离去而消失，它的韵律更为婉转、丰富、从容，从单声部变成多声部，是反复循环的安魂曲。

一个人走在浦溪河边的林荫小道，听着蝉歌，觉得这就是永恒了。

虽然有点孤寂，我还是喜欢这样的夏天——除了蝉歌、鸟鸣，听不见别的声音，也听不到自己的脚步声。

蝉是大自然的歌者，我是大自然的信徒。如果余生还有很多个夏天，我希望仍旧这样度过——接受每一个清晨与黄昏愉快的邀约，把自己投入到万物之中，将听见的自然之歌记录下来，以与泥土亲近的文字去播种，去收藏。

DISP
LACE